D0729549

ÉTHEL, SOURIS-MOI...
de Renée Larche
est le quatre-vingt-sixième ouvrage
publié chez
VLB ÉDITEUR.

DU MÊME AUTEUR

LES NAISSANCES DE LARVES, ÉDITIONS LA PRESSE, MONTRÉAL, 1975.

Renée Larche
Ethel, souris-moi...
roman

vlb éditeur

VLB ÉDITEUR
2016 est, rue Sherbrooke
Montréal
H2K 1B9
Tél.: 524-2019

Maquette de la couverture:
Mario Leclerc

Illustration de la couverture:
Léonard de Vinci

Distributeur en librairies:
MESSAGERIES LITTÉRAIRES
10 320 rue Garnier
Montréal
Québec
H2C 3C2
Tél.: 384-2200

Distributeur en tabagies
et autres postes de vente:
PRESSES MÉTROPOLITAINES
175 de Mortagne
Boucherville
J4B 6G4
Tél.: 871-1611

© VLB Éditeur & Renée Larche, 1981
Dépôt légal — 3e trimestre 1981
Bibliothèque Nationale du Québec
ISBN 2-89005-095-5

À Claude, Simone, et Hubert.

LENTEMENT je ferme les yeux. Par plaques, du noir se contorsionne, puis se fusionne. Sans crier gare, à toute vitesse, j'écarte les paupières, espérant par ce mouvement-éclair surprendre le changement. Déception. Comme il y a à peine un instant, le même ennui de ciment s'étale partout sur la rue Mont-Royal, et la même lumière blafarde rampe toujours dans ces trouées de ciel épargnées par les bâtisses. Elles sont encore là, ces fibres de nuages ondulant mollement au-dessus de la ville pour venir ensuite s'enrouler sournoisement autour des cheminées. En relevant la tête, je retrouve le visage de mon père et son front mouillé, léché continuellement par la grande langue de la chaleur. Sa main moite glisse encore de la mienne, et ma valise pend toujours, démesurée, au bout de son bras libre.

Il n'y a vraiment rien à faire.

Malgré mes efforts, tout autour continue à surnager dans la torpeur d'une fin d'été à Montréal, à tanguer dans l'humidité et l'irréversible d'une promenade dont je voudrais éloigner indéfiniment le terme. Il ne me reste plus qu'à devenir moi-même liquide.

Alors, comme une traînée de vapeur, je suis mon père, je suis la rue, je suis ce début de septembre, en m'accrochant pourtant à la moindre chose qui pourrait encore me retenir en arrière. Des passants-fantômes passent, et il me semble qu'il n'y aurait qu'à étendre le bras pour les traverser. Et cette pesanteur qui accompagne chacun de mes pieds, qui flotte entre la paume de mon père et la mienne.

— Arrête de faire l'âne, Béa. Avance!

Un trouble voilé monte de mon ventre. Il s'élargit et se gonfle, acide et chaud, pour s'échapper en petites larmes suintantes dans le coin de mes yeux.

— Quand même, tu exagères, Béatrice! Je ne te conduis tout de même pas à l'abattoir!

Les épaules de mon père inclinées sévèrement vers moi, et l'aiguillon d'exaspération qui pointe dans sa voix. Puisque mon père ne veut rien comprendre à mes malheurs, pressons le pas alors et, le regard fixe, dormons en marchant; dormons pour éviter d'entrevoir la fin de cette randonnée. Comme lorsque le sommeil te fuit, évade-toi dans les chiffres, Béatrice, et compte jusqu'à quatorze. Quatorze moutons décharnés dans le ciel, quatorze pas que je sème derrière moi, quatorze portes qui se dressent un instant à mes côtés, puis qui s'évanouissent dans mon dos en me laissant continuer seule le chemin. Il t'est interdit de dépasser le chiffre quatorze, Béatrice, puisque tu n'as que quatorze ans. Ce serait très grave, tu sais, de t'aventurer plus loin, puisque tu ignores la couleur, la densité, la chair des autres chiffres. C'est déjà bien assez envoûtant de compter jusqu'à quatorze, alors ne te mêle surtout pas de pénétrer des chiffres inconnus.

— Tu peux arrêter de marmonner tes prières, Béa, nous voilà rendus.

Isolé de la rue par une double barrière de grille de fer forgé et d'arbres, il se terrait, à quelques pas, dans un grand jardin de silence. Lourd et absorbé, le couvent était là, immuable, devant moi. Je me doutais bien aussi qu'il n'y avait rien à faire pour lui échapper. Je n'avais plus maintenant qu'à franchir le portail pour perdre complètement la notion du temps et la main de mon père.

Ce sont les corbeaux, perchés çà et là dans le jardin du pensionnat, qui m'ont accueillie. J'ai sursauté sous leurs croassements fondant sur moi comme des rires moqueurs et j'ai baissé les yeux. Ils inspectaient en hochant la tête, mes bas épais, mes gros souliers bruns lacés qui me donnaient mal aux pieds, la fièvre que je dissimulais et qui s'échappait malgré moi en de grands cercles de sueur, tachant ma robe de serge marine sous les bras et dans le dos. Un corbeau se courba vers son compagnon. De sa voix enrouée, il lui rendit son verdict; mais celui-ci se détourna pour accueillir deux autres pensionnaires si semblables à moi dans leur accoutrement, qu'il me sembla me voir dans un double miroir.

Et puis, dans les couloirs du couvent, une brise courait. Et je marchais. Il me semblait que depuis toujours je ne faisais que cela, marcher, et suivre quelqu'un qui se déplaçait devant moi. Concentrées sur elles-mêmes, des religieuses allaient et venaient en exécutant des chassés-croisés, s'approchaient de moi, puis disparaissaient. En patinant je passais de l'une à l'autre, calquant mon pas sur celui de la dernière religieuse qui m'avait abordée. J'ai monté des escaliers, j'ai collé ma main contre la rampe et je suis arrivée au dortoir. J'avais laissé mon père en route. Je ne me souvenais plus ni quand ni où. J'ai ouvert une valise où l'on avait rangé minutieusement tout ce qu'il me fallait maintenant défaire. Les murs et les odeurs étaient si pâles autour de moi, si feutrés, que le moindre bruit me faisait tressaillir.

Après avoir rangé mes effets dans les tiroirs, après avoir suivi toutes les indications que l'on m'avait données, je ne savais plus que faire. Alors j'ai recommencé: la brosse à dents dans le verre sur le bureau, le sac à linge sale dans le chiffonnier, le missel dans le tiroir du haut, la valise vide dans le placard là-bas, la petite fille déjà grande dans sa cellule, la cellule dans le dortoir, le dortoir dans le couvent, le couvent dans la ville, et la ville perdue bêtement dans l'espace comme la plus grande des poupées gigognes. Oui, tout était bien rangé, et, même en vérifiant jusqu'à l'absurde, je ne trouvais pas d'erreur. Du moins, s'il y en avait une, ce n'était pas moi qui l'avais commise, car je n'avais fait que suivre les directives.

Je me suis assise sur le bord de mon lit.

La fatigue me monta à la tête, et la lassitude tourna avec moi. C'est alors que je me suis mise à fredonner une chanson en balançant méthodiquement mes jambes dans le vide.

Nous nous sommes toutes, pensionnaires et religieuses, retrouvées à la chapelle du couvent pour prier. Dans la première rangée, voûtée sur son banc, une pensionnaire, si jeune, sanglotait au lieu d'adorer Dieu. Entre les oraisons et les invocations bien cadencées, on entendait ses pleurs animaux qui se frappaient contre les parois de la chapelle. Comme sa peine est lourde, comme ses sanglots tombent, telle une roche, dans cette église qui absorbe sans discernement les prières, les bruits et la douleur. Derrière la vitre de mon œil, je cherche à comprendre ce paysage inerte qui m'entoure et qui ne jette qu'une seule lumière autour de lui, implacable comme l'irréel. Chaque prière se divise en sous-prières, chaque moment est meublé par l'évidence, et les religieuses ressemblent à des comédiennes de cire dans une pièce où le commencement et la fin se confondent. J'habite au creux, j'habite au centre d'un étrange pays pieux qui, ondulé en confessionnaux, en prie-Dieu et en balustrades, s'arrête à l'autel. Je regarde les fleurs que l'on a déposées à profusion aux pieds de la Vierge Marie. Elle est fleurie la préférée de ces femmes, elle pousse, inaltérable, au milieu de ses roses. L'homme saint Joseph, lui, n'a rien, sinon un lys de plâtre.

Derrière les vitraux de la chapelle, la nuit tombait maintenant. Quoi de plus simple à dire et à faire? Et rien ne me semblait plus noble et plus valable que de regarder venir la nuit. Comme une vapeur très calme, je la voyais se dérouler au loin et monter par vagues violacées vers le couvent. Puis elle se figea en humides tendresses contre les verrières de la chapelle. Je me permis un bain marécageux de temps moite. Car le bien-être ne peut me venir que de l'eau. J'aime les fruits car ils sont d'eau. J'aime le sang qui est de l'eau rougie. J'aime les yeux, car ils roulent dans l'eau, et les bouches je les aime, car elles sont toujours humides dans leur palais. J'aime le bleu, tant d'eau s'y glisse, et sur la peau perle la sueur des eaux du corps. J'aime la musique, car elle tombe d'en haut comme de la pluie.

Semblable à un monstrueux papillon noir assoiffé de lumière, la nuit se collait maintenant aux vitraux. Désordonnés, les chants de l'orgue volaient à sa rencontre pour la saisir. Comme il s'écoule en quiétude ce temps, si doux, parce qu'il ne bat plus en profondeur, mais en chants sensuels. Et j'ai beau me répéter: « Béatrice, tu es prisonnière de ce couvent pour un an; Béatrice, tu ne verras plus ton père que le dimanche et aux grandes vacances », plus rien ne réussit vraiment à me troubler. Je ne suis plus que sensitive fatigue.

Pourtant, ce soir, dans mon lit, je sais que les larmes viendront et que je vomirai alors toutes ces images, ces sons et ces odeurs que maintenant j'absorbe sans distinction. Ce soir, je sais, j'aurai une indigestion de sens.

La pensionnaire, si jeune, au premier rang, ne pleurait plus. L'épuisement avait eu raison d'elle. Pour un temps.

LES GESTES DU MATIN, inconnus, que tu n'as pas encore apprivoisés. Une clochette qui sonne aigu, qui te surprend dans un lit étroit que tu ne reconnais pas, dans une cellule hier soir si sombre et maintenant presque claire. Le temps a passé sans toi. Les prières qui déjà suivent le réveil. Tout endormie, tu te jettes à genoux et tu implores, en bâillant, tous les saints du ciel, pendant que la directrice du dortoir, qui remplit aussi la fonction de monitrice de cours, arpente les allées en priant plus fort que les autres, car elle, elle est réveillée depuis cinq heures. En cachette, elle s'est habillée. Tu n'as rien vu et jamais tu ne la surprendras nue même si sa cellule est à deux pas de la tienne. Tu trempes tes mains dans une bassine pleine d'eau froide, tu y approches ton visage, et durant un moment ta peau souffre et désire comme la terre qui reçoit la rosée après la nuit. Tes bas, ta robe de serge marine, tes grosses culottes de flanelle blanche, t'attendent sur la chaise de bois, flasques, froids et déjà fatigués. Où est le rêve? Maintenant, ou lorsque l'on disait que tu dormais? Tu laces tes lourds souliers lunaires qui doivent t'accrocher au sol tout au long du jour. Tu fais ton lit en plaçant soigneusement les plis. Tu lèves les membres sans réfléchir, comme si tu étais toi-même les draps, l'oreiller, le couvre-lit. Tu te laisses faire par les gestes, ils te conduisent, et tu les suis. Tu prends ton bérêt, ton missel, tu tires en même temps que les au-

tres pensionnaires les rideaux de ta cellule, et une tren-
taine de petites cages construites pour la nuit, s'évanouissent, laissant la place à un espace reformé où se
tiennent trente pensionnaires, assises chacune sur sa
chaise de bois.

Un bruit de claquette! Trente pensionnaires se lè-
vent, se retrouvent en rang de grandeur en route pour
la messe. Tu as tout juste le temps de regarder par la
fenêtre, le ciel très bleu qui, comme un œil impassible,
couvre tout, en ronde-bosse sur la ville. Le soleil
avance là-bas, courbe et jaune à l'horizon. Sans
s'énerver il se surpasse, monte vers plus haut. Par la
vitre, tu le vois, au travers de la vitre, tu le rejoins. Et tu
réalises que le temps est sec avec une inclinaison vers
le froid.

Tu te retrouves à nouveau à la chapelle. Le Dieu
d'or, d'étouffement de la veille, a été remplacé par un
Dieu d'indifférence, de somnolence, qui se coagule
dans un bénitier. À la consécration, tu sursautes, dé-
viée de ton demi-sommeil par la clochette qui t'exhorte
par petits cris à venir manger le pain de vie. Tu consta-
tes que tu as mal au cœur, car tu n'as pas encore dé-
jeuné. Tu t'agenouilles et tu tends, les yeux mi-clos,
une langue pâteuse, tordue pour éviter un haut-le-
cœur. La nappe de la communion est si blanche,
qu'éblouie, tu accroches la dentelle avec tes ongles en
te relevant.

Sans trop savoir comment, te revoilà dans ton
banc. Et lentement le sang revit en toi. Tu regardes

alors, tout autour, ces nuques inclinées et tu te demandes ce que tu fais ici. Tu vois la pensionnaire, si jeune, revenir de la sainte table. Elle a les paupières gonflées et mauves, les cils collés. Faut-il s'en conter des histoires pour persister jusqu'au petit déjeuner. Tu es entre la nuit qui est partie et la journée qui s'en vient. Sans amarre dans le temps, tu dénombres les secondes. Tu contes jusqu'à trois cents, espérant terminer en même temps que l'ite missa est.

Tu te retrouves au réfectoire, contrôlant tes gestes pour ne pas engloutir dans une même bouchée, les petits pains, le chocolat chaud et les céréales. Tout en mastiquant, tu te demandes pourquoi l'on prend la peine de nourrir ton corps, puisqu'ici il ne sert à rien. Puis tu laves la vaisselle dans un grand récipient de métal, un peu écœurée par ces morceaux de pain trempé flottant entre les bulles de savon. Et tu devines qu'au repas du midi ce sera pire. Il y aura, dérivant sur l'eau, des épaves de légumes et de viande, une couche brunâtre de gras qui encerclera le plat et qui s'agglutinera sur la lavette. Tu roules ta serviette de table, déjà souillée, et pour qu'elle ne s'évade pas, tu l'attaches avec un anneau de bois où tes initiales sont gravées. Les yeux fixés sur ta serviette enroulée où tu viens de découvrir un faux pli, tu marmonnes les prières, absorbée par cette imperfection. La véritable utilité de cette serviette de table, te saute soudain à l'esprit. Cette serviette, entièrement blanche le lundi matin, te situe dans le temps plus précisément qu'un calendrier, grâce au nombre et à la largeur des taches qui à chaque repas s'y ajoutent. Elle a également le pouvoir de te persuader que tu existes, que tu occupes une place bien précise dans l'espace, car, trois fois par jour, elle te renvoie tes initiales incrustées sur l'anneau. Lundi matin, une belle serviette immaculée remplacera la serviette brouillée du dimanche matin, et, par elle, tu sauras que tout recommence, que tout tourne en cercles vicieux et tachés.

Tu te retrouves dans une pièce, grande comme une boîte d'allumettes. Pour un an, ce sera ta salle de classe. À l'avant, une religieuse se présente en susurrant son nom; je suis sœur Marie-Éleuthère, votre titulaire. Intérieurement tu te répètes: «elle est sœur Marie-Éleuthère, ma titulaire». Tu ne peux rien contre cela et tu avales son nom qui va rejoindre l'hostie trop cassante et le chocolat au lait trop lourd. Bien entendu, ta titulaire te sert un discours de bienvenue. Tu l'écoutes te rappeler la chance que tu possèdes d'appartenir à cette classe de privilégiés qui ont la possibilité de s'instruire dans une bonne maison d'éducation. Elle t'apprend qu'elle sera une mère pour vous toutes et que vous serez ses filles, de charmantes petites sœurs les unes pour les autres. Tu t'embrouilles dans ta tête; elle est ta mère, et tu l'appelles sœur. Tu écartes cette pensée néfaste qui pourrait t'entraîner sur une pente dangereuse et tu regardes tes vingt-cinq petites sœurs fixées solidement à leur pupitre. Tu ne ressens vraiment aucune affection pour ces ruminants qui comme toi digèrent leur petit déjeuner.

Pourtant.

Pourtant, tu découvres soudain une petite veine bleue, bleue comme une mince couche de glace, une veine en transparence qui respire sous l'éther d'une peau; cela ressemble à une blessure, une sorte de fausse ecchymose qui va de l'œil droit et qui se poursuit jusqu'à la pommette. Près de la fenêtre, au deuxième rang, une de tes sœurs porte une étrange petite veine bleue dans la figure et des cheveux courts qui bouclent blond dans la nuque. Elle n'écoute pas et regarde ses doigts.

Ta titulaire demande à chacune de ses filles, de ses élèves, de tes sœurs, de se lever chacune à tour de rôle et de décliner bien fort son nom à la classe. Tu retiens ton souffle quand la petite veine bleue se lève et nonchalamment laisse tomber, comme si tu n'étais pas là pour recueillir son nom, « Éthel Latraverse ». Quand ton tour arrive, tu te lèves et tu lances: « Béatrice Moreau, Béa pour son père ». Toute la classe rit. Même si à ce premier contact, sœur Marie-Éleuthère t'a jugée sévèrement, tu es contente, car Éthel s'est retournée pour te regarder. Ses yeux sont pâles, bleus, vagues comme l'éternité.

Tels des animaux de la préhistoire, lents et lourds, les jours passent.

Lundi précède.

Lundi, si semblable à la réalité, lundi, un boiteux qui mange les enfants, qui fait des bateaux avec leurs dents et qui les met sur le temps, les laissant dériver toute la semaine pour peupler les jours qui s'ennuient.

Mardi suit.

Mardi où je me noie dans un verre d'eau, mardi, une brume qui me recouvre comme un vêtement et que j'éponge le soir venu avant de me mettre au lit.

Mercredi vient.

Mercredi, la tour de Raiponce où je me hisse en criant: «Anne, ma sœur Anne, ne vois-tu pas venir la fin de la semaine, ne vois-tu pas venir le samedi?»

Jeudi défile.

Jeudi, un cauchemar dans lequel je me prends la tête à deux mains en hurlant: «maudit couvent». Jeudi, du feu dans lequel j'ai plongé en croyant que c'était de l'eau. Jeudi, tel un soleil qui ne se coucherait jamais et qui me torture avec les flammes de ses bras qui n'en finissent pas.

Vendredi arrive.

Vendredi maigre, vendredi terne et d'espoir, vendredi, une fin de phrase sans point où j'endors mes hantises avant de prendre le masque différent que l'on met le samedi.

Samedi précède.

Samedi que je reçois comme un château abandonné accueille les clartés de la lune. Samedi que je soutiens toute la journée et une partie de la nuit de peur qu'il ne s'affaisse; samedi qui m'épuise, car je le porte comme l'on porte un enfant. Demain dimanche, je m'évade!

Dimanche est là.

Cette attente m'émeut et me tue. Est-ce un chemin facile et permis qu'emprunte mon angoisse pour ressurgir à l'air libre? Je l'imagine qui entre par la porte du parloir, avec son grand sourire d'animal doux et ses yeux devenus gris avec l'âge. Alors tout mon corps frémit, ma respiration galope, et l'humidité me mouille les lèvres.

Et tout à coup, l'inquiétude m'assaille. Et s'il ne venait pas? Que ferais-je de cette flambée d'affection qui monte en moi et que je ne peux plus rattraper?

Alors je me chauffe les fesses froides contre le calorifère. Au parloir du couvent, en ce dimanche, j'attends mon père qui doit venir me chercher. J'ai neuf heures bien précises de liberté, et chaque seconde perdue est un univers disparu. J'attends mon père qui n'arrive pas.

À attendre, on se désintègre peu à peu, on s'exile à l'extérieur de soi, on existe hissé sur le bout d'une obsession et on calcule le temps comme s'il était devenu une denrée rare. Je me contrôle et je cherche à comprendre pourquoi mon père n'est pas là, maintenant et tout de suite. À chaque tic-tac de l'horloge, j'ai l'impression qu'une fin du monde se produit, que tout un continent vient de s'affaisser.

Toutes les autres pensionnaires sont déjà parties. Je suis la seule restée sans père au parloir, collée contre le calorifère, ma valise de linge sale déposée à mes pieds.

C'est certain que mon père ne doit pas s'y prendre de la même façon que moi pour calculer le temps qui passe. Sûrement que pour lui, il est trop tôt, alors que pour moi, il est déjà si tard. Alors j'invente des mystères. Peut-être a-t-il été happé par la rue ou plus simplement blessé par une voiture! Ou je tombe dans l'excès contraire. Il a oublié!... oui, c'est cela, il ne se souvient plus qu'il doit venir me chercher. Non, c'est impossible!... il doit y avoir autre chose! Et si, pour mon père, le temps n'était que de l'air qu'il respire sans y prendre garde... alors que pour moi, il est devenu du sable qui s'amoncelle en m'engloutissant sous un désespoir qui va finir par me faire pleurer.

Et soudain, tout à coup, mon père est là. Il s'empare de ma valise, m'embrasse en me serrant tout contre lui.

— Je ne t'ai pas trop fait attendre, ma Béa... quelques minutes seulement?

La question est si démesurée, que je réponds:

— Non... je n'ai pas trop attendu.

Je ne pouvais quand même pas lui dire que je l'attendais depuis une semaine, depuis l'instant où il m'avait laissée ici.

Au TABLEAU, sœur Marie-Éleuthère trace deux lignes blanches. Jusqu'ici, mes yeux ne perçoivent que deux minces traits crayeux, liés par le centre, attachés au point zéro: une croix, une simple croix, que je fixe obstinément en tâchant de saisir à quel endroit elle recoupe la réalité. J'en suis toute à ma méditation, alors que déjà la croix se met à bourgeonner, à fleurir, à s'orner de rayures et de zébrures où s'agrippent des chiffres. En un rien de temps, les chiffres se courbent, s'appellent, se croisent, se rencontrent, se séparent, émigrent aux quatre coins du tableau. Sœur Marie-Éleuthère s'affole: elle contrôle avec peine tous ces insoumis qui ne pensent qu'à se multiplier. De tourment, la craie crie contre l'ardoise. Quelle souffrance pour les oreilles! Celle du cerveau me suffisait amplement.

Insensibles au petit cri de douleur qui s'est échappé en une seule voix de la classe, les chiffres continuent à se regrouper, à s'embrasser, à s'additionner, puis brusquement ils se divisent, non sans avoir engendré une progéniture qui atteint le double, le triple, de la valeur de leur père et mère. Les chiffres progressent en tous sens en en vomissant d'autres sur leur passage. Le tableau est maintenant jonché de leur accouplement monstrueux. La scène est orgiaque. Sœur Marie-Éleuthère ploie le genou, retient fébrilement son voile du revers de la main, se tapit dans le coin droit du tableau. Elle entre en transe. Ces reproductions l'excitent. Le rythme de sa voix s'emballe. Comme une déchaînée, elle recense cette famille prolifique, pointe en lui assénant de grands coups de craie le membre le plus éminent, saute d'une génération à l'autre sans s'inquiéter pour ces Imaginaires qui sont nés d'une division. Il ne reste plus au tableau qu'un petit coin désert, oasis de noirceur, isolé, là, tout en haut. Qu'à cela ne tienne! Les chiffres, influencés par notre titulaire, n'appréhendent plus que l'envahissement de ce vide dont ils ont horreur. Sœur Marie-Éleuthère monte donc sur un tabouret et peuple ce coin nu, d'enfants-chiffres-blancs si minuscules, que je dois plisser les yeux pour discerner ces rejetons faméliques qui ont eu la mauvaise idée de naître alors que l'espace venait à manquer. Ils s'accrochent, ces pauvres petits, à l'envers, de côté, entassés les uns sur les autres, au dernier bastion du vide. Les joues rouges de plaisir, le bout du nez peint en blanc, le visage traversé d'un grand sourire d'extase qui lui monte jusque dans la rétine, sœur Marie-Éleuthère se tourne vers la classe. Elle lance un petit « et voilà » qui marque la simplicité évidente de ce qu'elle vient d'exposer tout en frottant énergiquement ses mains l'une contre l'autre. Une poussière de craie s'envole, hagarde, dans la lumière de la classe. Un silence, diffus comme une auréole, s'est posé sur nos têtes.

Pauline, aussi pâle et aussi tragique que cet instant qui ne bouge plus, se lève, se dirige en ligne droite vers le tableau pour accomplir le devoir ultime qui lui a été conféré. À grands coups de brosse volontaires, elle balaie la puissante histoire d'amour d'Abscisse et d'Ordonnée. Pourtant, malgré l'ardeur que déploie Pauline à supprimer les chiffres, rien ne s'efface vraiment. Le blanc reste collé au noir, il se distorsionne, se défigure, s'encroûte en des barbouillages têtus que Pauline délaie avec acharnement. Sa mission jugée accomplie, Pauline regagne dignement sa place, sans plus se préoccuper du gâchis de visible et d'invisible, piteusement entrelacés, qu'elle a laissé au tableau.

C'est alors le tour d'inspection du regard de sœur Marie-Éleuthère sur l'horizon des élèves. Demandera-t-elle à la plus brillante de venir refaire le problème, et ainsi prouver qu'elle est un pédagogue hors pair, que «tout va pour le mieux dans le meilleur des mondes»? Ou, au contraire, obligera-t-elle la plus stupide à venir bafouiller à l'avant de la classe, se donnant ainsi la possibilité de nous servir son sempiternel sermon sur l'humilité: «Vous n'êtes que des roseaux, et dans votre cas, mesdemoiselles, même pas pensants».

Qu'il est tendu, cet instant qu'elle étire avec maîtrise, jusqu'aux limites de la cruauté! Durant un moment, les yeux de sœur Marie-Éleuthère s'arrêtent dans les miens. Je souris: «Oui, laissez-moi aller vous conter cette étrange histoire au pays de l'Algèbre».

On y gèle, mesdemoiselles! En ce pays aussi plat en haut qu'en bas, tout se déplace et se déchire, mais rien ne change vraiment. Depuis toujours, on peut le parcourir ce pays un peu désaxé, en longues enjambées, sans jamais parvenir à le traverser. Il se perd à l'infini. Entre son ciel et sa terre sans fin, on peut voir, en tout temps, tracées froidement d'un horizon à l'autre, de haut en bas, deux petites lignes blanches semblables à une haleine sans cesse durcie par la froidure. Tant et tant de cataclysmes naissent subitement en ce pays, qu'ils engloutissent les quelques maisons, fragiles et alignées, grâce auxquelles on aurait pu se repérer!

Là-bas, des vertiges certains envahissent les insulaires, et cela d'une dimension à l'autre du pays. Les frontières n'y ont pas de nom, et, de toute façon, les habitants non plus n'y sont pas nommés. Ils appartiennent à des clans, et tous en ce pays, aussi bien les Naturels, les Entiers, les Pairs que les Rationnels, se demandent: Où irons-nous après la chute des axes, dites, le savez-vous? Où irons-nous, quand notre ciel sera mangé par la nuit, et que l'on nous effacera d'un violent coup de brosse?

Sœur Marie-Éleuthère détourne le regard. Nous sommes un mercredi matin, et elle n'entend à rire que les vendredis après-midi. Ce n'est donc pas moi qui serai désignée pour aller refaire le problème au tableau. Et c'est bien tant mieux ainsi. Car, à vrai dire, moi-même, je ne suis pas particulièrement portée à rire le mercredi matin.

Voici Thérèse, voici Doris et voici Léa qui m'éclaboussent de leur savoir. Mais voilà surtout Éthel Latraverse, plus belle que les chiffres de un à l'infini, qui se dresse et qui s'élève vers l'avant de la classe, heureuse élue de la connaissance. Sans faillir, mot à mot, chiffre à chiffre, Éthel retrace le même chemin qui va du vide d'un tableau à l'amoncellement de l'inintelligible, vivante représentation de mon incompréhension de ce monde. Comment Éthel s'y prend-t-elle pour assimiler ce que conte sœur Marie-Éleuthère, et cela aussi facilement que l'on absorbe les couleurs?

Intriguée, je regarde tout autour de moi, en cherchant à comprendre ce qui a bien pu se passer et qui, encore une fois, m'a échappé. Derrière chaque pupitre, ce ne sont plus que des cous allongés vers le tableau, des pupilles agrandies se déplaçant en phase de droite à gauche, et des mains consciencieuses emmagasinant des pattes de mouches dans un cahier. Exclue de cette harmonie, une fois de plus, je me retire seule avec moi. Non, je n'ai vraiment pas encore saisi ce que je fais ici.

Pleure Béatrice, pleure abondamment, car tu es de la pluie, et ce n'est que par les larmes que tu arraches son limon à la terre. Tous, dans ce couvent, me disent des mots que je comprends mal, et je tends l'oreille pour tenter de provoquer une rencontre à laquelle je ne parviens pas. Misère du temps, misère de l'œil contenu dans deux cavités, mon seul refuge contre le froid et la solitude. Ce pays inconnu que je veux explorer, et qui me dérobe son secret! Alors, je me couche sur lui, j'essaie de le briser, toujours méconnue de lui cependant. Et je m'épouvante, et je bouge avec lui en cadence. Ce pays mystérieux où j'entrerai, par qui je comprendrai. Mais je crois si peu aussi, à ce que l'on me raconte ici et je souris pour ne pas leur déplaire, pour essayer d'admettre avec eux que tout cela existe.

Subitement, sœur Marie-Éleuthère conclut que le tour de l'algèbre a été fait pour aujourd'hui et, sans plus attendre, elle nous relâche dans la cour du couvent. En rangs serrés, nous la quittons pour quinze minutes, afin qu'elle puisse, à la dérobée, dérouler ces grandes cartes muettes qui transmuteront la pièce en classe de géographie. À notre retour, il nous faudra alors, à l'aveuglette, faire correspondre des noms sauvages à des portions colorées et inégales d'un monde aplati. C'est un jeu tout de même moins compromettant que celui de l'algèbre!

Ce brouillard écrasé sur Montréal et s'infiltrant dans les moindres recoins de la cour du couvent, m'empêche de trouver la sortie pour m'enfuir d'ici. Et puis, l'amour à mon doigt, et l'automne qui déjà est partout à la fois.

Le DIABLE a les yeux bleus, si vous ne vous en doutiez, le diable a les yeux bleus, et l'iris est d'un noir très doux. Il a les cheveux cornus d'un châtain qui mousse blond dans la nuque, et il se nomme Éthel Latraverse.

Dès que je relève la tête de mon pupitre, sans arrêt je me frappe contre cette nuque, étalée continuellement, là, devant mes yeux. Je cherche à m'éloigner, à fuir ce point qui sans cesse m'attire, mais, malgré moi, à tâtons, je me vois constamment y revenir. Je m'y fixe alors de longs moments.

Répandu derrière la fenêtre de la classe, le ciel est changeant, de passage, et je tente de partir avec ce ciel abstrait contre lequel le profil d'Éthel se découpe trop clairement, pour que je parvienne à m'éloigner bien longtemps. Comment ne pas être envahie aussi, quand je sens la tristesse d'Éthel monter graduellement en elle, puis onduler dans l'air de la classe et déborder jusque devant mon pupitre. Et subitement, toute cette tristesse se déverse en moi, lorsque, du deuxième rang, durant le cours d'anglais, Éthel se retourne et me sourit.

Il y a comme un papier de cellophane qui me colle à la peau quand Éthel s'approche de moi. Alors je n'arrive pas à franchir cette pellicule, à vivre ce que je sens, à lui parler sans bafouiller. Je m'empêtre et m'enferre dans la moindre phrase. Mais où donc est le mouchoir qui épongerait tous ces vertiges qu'elle pro-

voque en moi? Trop près et trop loin aussi est sa
figure, et novembre s'éternise cette année, ne m'aide
vraiment pas à me situer. Pourtant, je pense souvent au
futur, mais je n'ose m'asseoir dessus, lui donner de la
consistance en parlant normalement à Éthel. C'est la
lumière découpée par les carreaux de la fenêtre et zé-
brant de côté son visage, qui me fait ainsi cligner des
yeux, donnant aux autres l'illusion que je suis atteinte
de tics nerveux.

J'en suis venue à craindre les samedis et les di-
manches. Deux jours sans elle, deux jours sans la voir,
deux jours à ne plus savoir! Ce n'est que le lundi matin que je la retrouve, assise devant le même pupitre,
et qu'enfin le temps recommence à rouler sur un cours
d'anglais.

Dehors, à côté d'Éthel, la température d'aujourd'hui me plaît jusqu'aux larmes. Elle me donne le
goût de déraisonner avec elle. Mourir dans l'eau, cou-
chée dans l'humidité, et ne me relever qu'avec la
brume, pour retomber plus bas encore avec la pluie.
Entre ces mots anglais qui sillonnent la classe, je pour-
chasse cette odeur mouillée, qui, malgré l'inodore dans
lequel on voudrait nous maintenir, parvient jusqu'à
moi. Ces cieux si creux, ces ciels si las, tout cela me
monte aux yeux, et me fait courber le dos vers le pupitre. Emporter Éthel par la fenêtre, faire du passé avec
ce couvent, et ne jamais revenir au présent où tout est
morne, terne et anglais! Et puis, le ciel si bas tout à
coup, tombant sur moi avec la pluie qui derrière la vitre vient de s'abattre.

Je «pleus» avec cette pluie, je «pleus» en long,
comme en douceur, dans un grand cimetière où tout se
déplace au même rythme que la terre. Et soudain, je

réalise l'ennui que j'ai, d'être avec ceux-là qui n'habitent pas la pluie. « I forget, you forget, he forgets... » rabâchent les non-pluies autour de moi.

Et c'est la méfiance, le rejet, l'intolérance, devant chaque image, chaque mot qui se présente. Si je ne me livre pas, je pourrirai derrière la forteresse, c'est certain ! Et je me demande où je veux en venir.

Écrasée sur mon pupitre, je me retrouve une fois de plus accrochée à la nuque d'Éthel. Là, au moins, tout est petit et immense. Je suis affamée et je me colle encore plus solidement contre elle. Mais ne crains rien, Éthel, car je suis incapable de m'abandonner, de perdre cette affreuse conscience de moi et de me fondre sans combattre et souffrir. Si tu savais, Éthel ! Sous mes yeux ta chair se gonfle, dans mes nuits mon âme se noie. Et je tourne, entraînée dans une rivière qui se déploie autour de moi, qui s'entrouvre comme la mer Rouge du grand Moïse, une rivière qui déplie une à une ses eaux comme les pétales d'une rose bleue, et qui subitement se referme, m'enveloppe telle une pieuvre caressante qui délaisserait pour un moment ses obsessions de liberté.

Et quand je te regarde, Éthel, malgré moi, je m'oublie. Tu m'emportes loin de moi, et l'attraction est trop forte pour que je résiste. Ces clairs-obscurs aussi qui poussent continuellement dans ton cou.

— Béatrice, lisez-nous donc, la page 51, de *Shadows on the rock.*

Comme une ombre d'arbre en hiver, grande et dépouillée, sœur Marie-Agnès-de-la-Croix s'est dressée entre la nuque d'Éthel et moi.

Debout devant mon pupitre, son livre ouvert à la page 51, elle me regarde, en laissant la petite lueur de malice qui lui va si bien, lui courir d'un œil à l'autre. Sœur Marie-Agnès-de-la-Croix, notre professeur d'anglais, m'aime bien, je le sais. Si elle me demande de lire ainsi un passage devant tout le monde, en sachant pourtant que je travestis tous les mots d'anglais que je rencontre, ce n'est pas pour rire de moi, mais bien pour détendre la classe. Elle a une sorte de pédagogie souple et riante, que je comprends.

—*Shadows on the rock*? Ah oui! Chats d'eau!

Je me lève, débute ma lecture à timbre enroué. Puis, ma voix s'élève, ma prononciation se fendille, et chaque mot se précipite sur moi, déshabillé de sa signification. Je les renvoie à la classe sous forme de bulles sonores, complètement vides au centre. Toutes les filles rient. Sœur Marie-Agnès et moi sommes satisfaites. Quand on rit, cela démontre, qu'au moins, il se passe quelque chose. Pour contenter le principe qui demande sa part même dans le plaisir, sœur Marie-Agnès me reprend, consciente cependant que mon articulation sera de plus en plus empesée par l'effort.

Seule, Éthel n'a pas ri, et elle me dévisage comme une reine de jadis devait observer le fou de la cour.

Tu es si belle, Éthel, avec une triste veine sous l'œil. Éthel, tu me rends jaloux, car tu regardes toujours à travers moi. Aie pitié, Éthel, de ma descendance, pitié de ces taches de bleu que, comme un Petit Poucet, je sème derrière moi, pitié de mes iris d'eau, de mes prunelles enflées comme des prunes, gonflées comme des raisins éclatants!

Toi, mon Éthel, mon égyptienne, ma Marie de la terre du lapis-lazuli, écoute-moi, ne t'en va pas. Un temps soit peu. Un temps de plus. Écoulé trop tard. Écroulé trop tôt. Non, ne détourne pas ainsi le regard!

Je voudrais tant m'enfoncer avec toi dans la boue, dans les marais où pullulent les bêtes d'eau. Je voudrais avoir la force de survivre à mes sensations, désirerais les suivre jusqu'à la mort, sans mourir vraiment. Il y a sûrement autre chose, et je voudrais vivre avec toi autre chose. Nous ne pourrions aller très loin, je m'en doute, sans crever tout à fait, sans périr étouffées sous nous-mêmes. Mais je veux voir, une seule fois comprendre! Et j'aurais un cheval, Éthel, pour t'amadouer, pour courir dans tes draps, pour écraser ta peur. Mon Dieu, mon nom et toi! Je vais infailliblement vers toi, je le sais, quand ici, je ris, je crie et je pleure, faisant éclater mon cœur comme si c'était une noix. Oh oui! te regarder sans me lasser, en voyant trop bien que l'amour va me crever l'âme.

Il y avait, suspendue au mur de la classe, coincée entre le tableau et le babillard, une tête de femme en plâtre. Plus petit que nature, ce masque jauni dominait cependant par son étrangeté, tout le pan de mur. Depuis le début de l'année scolaire que je contemplais ce mystérieux visage de plâtre, plus vrai que les visages de peau. Il était fascinant ce visage. Sûrement à cause de l'étrange sourire qui ourlait la commissure de la bouche. Un sourire de grande paix, de la tristesse aussi, avec une touche d'humour dans les coins. Et la certitude presque palpable d'une évidence que la femme livrait au monde, en souriant. Et puis, elle n'avait pas de regard. Elle n'était que lèvres, révélées dans les moindres détails, alors que tout le reste de la face demeurait informe, sommairement rendu par quelques lignes. Souvent je la regardais ma femme de plâtre au nom secret. Je la connaissais cette femme, son nom, j'en étais certaine, m'était familier; et pourtant, malgré mes efforts, je n'arrivais jamais à le retrouver. Mais à quelle poétesse grecque antique, à quelle déesse-reine égyptienne pouvait bien appartenir ce sourire dont la signification me semblait si limpide?

Sans trop savoir pourquoi, mais convaincue qu'il était maintenant temps que je possède ce nom, je suis allée, après le cours d'anglais, retrouver sœur Marie-Agnès et je lui ai demandé qui était cette femme.

Le plus simplement du monde, sœur Marie-Agnès me répondit que ce masque représentait, à ce qu'on lui avait dit, le visage d'une grande chrétienne, mère de famille, qui par malheur s'était noyée, et dont le cadavre au moment où il fut repêché, affichait ce sourire dans la mort. Un artiste qui était sur les lieux, décida d'éterniser par une sculpture, ce sourire du chrétien rendu à son Dieu.

Sœur Marie-Agnès-de-la-Croix est sortie de la classe, ses livres d'anglais à l'abri sous son bras, alors qu'hébétée, je restais clouée sur place.

Une noyée! Une chrétienne!

Et tout à coup, cela me sembla monstrueux. Car, de toute évidence, le sourire de cette femme ne témoignait pas d'une rencontre avec les anges. Bien au contraire! Il reflétait la douloureuse, l'humoristique, découverte des espaces sans limites. Et en plus, il fallait que la vérité de ce sourire, qui n'en était plus une, appartienne à quelqu'un qui pour l'éternité était personne. Il y avait méprise quelque part, c'était certain! Mais qui donc s'amusait ainsi à tout embrouiller, à confondre même les extrêmes?

Subitement, je me suis retournée vers la femme de plâtre pour vérifier si au moins, elle, elle existait vraiment. Elle était toujours là, impassible sur son mur, et, sans voir, elle fixait encore le lointain, en ne cessant d'étirer ce sourire devenu soudainement inquiétant.

Moi, c'est dehors qui me manque, moi, c'est la neige qui me séduit, et que je ne touche pas. Dans cette classe, je suis comme dans une garde-robe très étroite où la lumière n'entrerait que par le dessous de la porte. Et j'aimerais tant regarder les cristaux de neige qui se fanent sur le sol, au lieu d'être là à enfiler les grains de mes péchés. Et le temps se dilate. Il occupe tout l'espace, me laissant si peu de place que j'étouffe dans cette penderie. L'air des foules! Si peu d'air, que je croise le temps à chaque instant. Dès que je pourrais reprendre haleine, sœur Marie-Éleuthère accélère. Cela fait une longue heure qu'elle nous entraîne ainsi, qu'elle nous prépare sans relâche à la confession, qu'elle fait défiler, un à un, les péchés devant nous comme s'ils étaient des militaires en tenue de parade. Et devant chacun, elle s'arrête, pour nous énumérer minutieusement la liste de ses exploits. C'était tolérable au début, car ce sont les humbles, insignifiants et rachitiques, sans croix de guerre, ni rien du tout, qui sont passés les premiers. C'étaient de petits péchés vraiment minables, tout en bas de l'échelle de la morale. Conventionnelles et sans intérêt, gênées d'être si peu de chose, les fautes vénielles se sont tout de suite évanouies dans leur propre transparence. Mais voilà que les cadres se sont présentés, pourpres de suffisance, bombant le torse, pour attirer à qui mieux mieux l'attention.

Cette procession de péchés me coupe le souffle.
Ils sont si nombreux, si enchevêtrés, que je dois
constamment tenir les yeux grands ouverts, pour
découvrir dans toute cette armée, lequel de ces militaires m'a fait perdre l'état de grâce. Entre-temps, toucher mon bras, palper ma gorge et remonter des lèvres jusqu'aux oreilles, pour réaliser que c'est avec cela
que j'ai péché.

Et sœur Marie-Éleuthère qui n'arrête pas, qui dé-
terre continuellement une nouvelle faute, qui nous fait
tourner de gauche à droite comme des poupées de
chiffon. Nous virevoltons dans l'air du mal, entraînées
au temps passé, pour cerner d'anciennes fautes que
nous serions tentées d'ignorer. Nos robes de poupée
se gonflent, bleu épice sur fond jaune et malsain. Sur
la pointe des pieds, nous, les poupées aux pommettes
rouges de honte, nous dansons, les bras en arc-de-
cercle, pour tenter de ne pas perdre l'équilibre. Nos
tresses réglisse, minces et longues, sautent sur nos poi-
trines oppressées qui battent au rythme des sept péchés capitaux. Et nos bouches carmin où le mauvais
sang s'est accumulé, supplient muettement sœur
Marie-Éleuthère de faire cesser cette danse infernale.

Cet espace me mord, ce temps me boit. Le mal se
logeait partout, et dire que je l'ignorais. Pire encore, je
suis incapable de séparer le bon grain de l'ivraie, de
démêler mes péchés de ceux des autres. Et je m'affole
à la tâche, empêtrée dans ma maladresse. Sœur
Marie-Éleuthère va trop vite aussi, donne trop ou pas
assez de détails. J'essaie bien de me défiler vers cette
cage qui est moi-même, pour éviter cette rencontre
avec un réel que j'ai vu graduellement s'effriter, rongé
par la faute originelle. Mais sœur Marie-Éleuthère tape,

tape sans arrêt, m'empêchant de me relever pour aller me cacher.

Les yeux baissés, les mains jointes, toutes, autour de moi, Pauline, Léa, Claudette, sombraient maintenant dans le scrupule. Sombres, nous devenions de plus en plus sombres d'un moment à l'autre, ombres de nous-mêmes glissant sur la réalité.

Je regarde Éthel. Elle a la tête basse, les lèvres tremblantes. Mon âme remonte en surface, dès que je m'approche trop près de son visage. Est-ce cela, le péché, Seigneur? Éthel près d'une fenêtre qui ne s'ouvre pas, près d'une fenêtre tout en hauteur qui dévoile sans la découvrir la cour intérieure. Et subitement, Éthel et moi, à l'extérieur, les mains dans les poches, un chandail à col roulé qui longe son cou pour que la neige y roule mieux. J'ai toujours si peur qu'elle s'engouffre par la porte de la classe et que plus jamais elle ne revienne. C'est cela qui serait le vrai péché, n'est-ce pas, sœur Marie-Éleuthère? Vous qui semblez si bien connaître les péchés, les mortels surtout, dites-moi simplement quelles sont mes fautes. Il me semble que je les ai toutes. Pourtant, aucune ne m'est vraiment familière et détestable. Et c'est cela qui me tourmente le plus. De ne pas savoir différencier le mal du reste. J'ai si honte de ne pas deviner en quoi je suis coupable.

Et puis merde à la fin! Qu'ils aillent au diable tous ces péchés, sœur Marie-Éleuthère en tête! Son histoire est trop compliquée cette fois-ci. Encore un jeu, je suppose, encore un de ces jeux impossibles qu'elle a inventé pour nous infliger de petites blessures qui courront sous la peau et qui tomberont ensuite par les yeux. Non, je n'ai pas le goût de jouer à ce jeu-là. Je n'aime pas la peur qui fait partie de ses règles incompréhensibles et qui m'inspire une vraie peur. Orgueilleuse que je suis, qui se lève du clan des pécheurs et qui s'en va. Des pleurs que semble verser sœur Marie-Éleuthère pour me faire croire que j'ai tort. Mais je ne peux pas admettre que ce qu'elle raconte puisse vivre en même temps que les quatre saisons. Après tout, je ne veux que mes membres à moi et que cesse cette ritournelle. On me reprochera d'être partie, de m'être inventé un soleil qu'ils n'avaient pas forgé. Où est encore le mal dans tout ça? Moi, je ne leur impose pas mes couleurs. Et ma fragilité en cet instant est plus forte que la culpabilité qu'ils veulent me faire porter avec eux.

Elle me donne même le pouvoir de trouver cette faille que je cherchais et de me dissimuler dans l'ombre de moi pour échapper aux péchés qui me cernent. Ils s'épuiseront à tourner autour de moi, enroulés dans leur propre cercle vicieux. Je n'ai rien vu, je n'ai rien voulu savoir et je suis disparue. Je laisse le temps passer sans essayer d'y prendre place, car elle est déjà remplie par le mal. De toute façon, qu'y a-t-il de mieux à faire avec le temps, que de le laisser passer pour en faire du temps passé?

Par la fenêtre, derrière Éthel, le ciel était tellement bleu, qu'il commençait à m'inquiéter. Nus, les arbres s'offraient au sol, en courbant la tête. Voilà qu'enfin je n'entendais plus les contes de sœur Marie-Éleuthère et que je soupesais la couleur du ciel en me demandant s'il n'allait pas éclater de lumière. J'avais joué chat, à mi-chemin entre l'inconsistance et la présence, et j'avais réussi.

Et tout à coup, Béatrice se retrouva sur les marches du palais d'Afrique. Des dames brunes, des dames noires, se promenaient dans la chaleur. La Haute-Volta... La Haute-Volta était là, sur la dernière marche du palais d'Afrique. Allongée, voluptueusement allongée! Sans parvenir à s'en repaître, Béatrice la regardait et, du bout de la langue, elle se mit alors à laper chacune de ses sonorités.

Subitement, l'impression plus forte d'une longue folie frappa Béatrice au visage et désarçonna au même moment la Haute-Volta. Diffuse, la voix de sœur Marie-Éleuthère se frayait un chemin jusqu'à l'Afrique. Que la vie pouvait être démente, insensée entre ces murs! Tant de contradictions, accumulées dans chaque heure, condensées au centre de chacune des secondes. Et Béatrice cherchait à comprendre vers où tout cela tendait. Pourquoi, mais pourquoi les autres ne lui révélaient-ils pas tout simplement ce qu'ils voulaient vraiment? Béatrice avait l'impression d'être un champ. À chaque saison printanière poussaient les graminés. Et, invariablement, l'hiver les recouvrait. Béatrice était un champ qui ne voulait plus être un champ.

La Haute-Volta! Voilà que ce mot lui revenait, qu'il se répandait en un souffle léger sous ses narines, qu'il se couchait à nouveau entre ses dents. La Haute-Volta... la Haute-Volta... Que ce nom lui était doux, que tout son corps se dressait pour trouver un contenant qui résumerait par son odeur, l'infini désir que lui donne ce mot... Haute-Volta... lorsqu'il tombe, encore et encore, de sa bouche. Et Béatrice en abuse, tant il lui donne du plaisir. Il la projette même dans la neige où, avide sous son lourd manteau de fourrure, sans répit, elle marchera pour atteindre cette Haute-Volta qui s'échappe devant elle en lui tendant inlassablement son nom. Béatrice sait qu'elle a la mémoire fragile, mais inaltérable comme un vase de cristal polonais. Et, un jour, elle atteindra la Haute-Volta. Oh non! Béatrice n'est pas patiente, mais si têtue, que la patience lui est venue par surcroît.

Et lentement, la Haute-Volta trace son chemin en Béatrice. Elle se divise en chacune de ses sonorités, disperse ses lettres dans tous ses sens. Mais, c'est déjà sur le V, que Béatrice trébuche et qu'elle halète de désir. Envers et contre la Haute-Volta, il lui faut pourtant détenir ce V!... Mais Béatrice est trop large, et elle l'écrase. Il lui échappe.

«Jamais je ne posséderai la Haute-Volta! Jamais je n'atteindrai autre chose que moi!» se dit désespérément Béatrice. «Que tout devienne moi alors, surtout la Haute-Volta!» Et perfidement, Béatrice se rapetisse, se glisse sous chaque consonne de la Haute-Volta, la séduit en lui redisant avec du miel, de la fumée, des sons absurdes, son nom provoquant, douloureux, anesthésiant. «Faites, mais faites, que j'attrape la Haute-Volta!»

Consentante, la Haute-Volta s'allège. Elle s'éclipse pour permettre à Béatrice de vivre son nom. Cependant, la Haute-Volta est toujours là, mais si concentrée sur elle-même qu'elle lui ouvre toute la place. Sans hésiter, Béatrice entre.

Je suis la Haute-Volta. Comme du pain, je gonfle lentement, et j'ose à peine jouir de cette nouvelle lourdeur. Je ne sais pas encore par où écouler tant de vie qui monte et m'enveloppe sans se tarir. Je comprends par l'inverse de la raison. Les sensations de tout un pays, s'accrochent à moi, se nourrissent de mes racines. Et pourtant, je me sens de plus en plus démunie dans tout cet inconnu où, tendre comme la chair de l'huître mise à nu, je me blesse à tout ce qui passe. Il est vraiment trop lourd à porter ce continent! Sa chaleur m'écrase! Si je ne veux pas périr engloutie par la Haute-Volta, il faut que je sorte d'ici... J'appelle la raison à mon secours. «Libère-moi des tortures de la Haute-Volta, ne me laisse pas ainsi avaler par l'Afrique!»

Docilement, la Haute-Volte se retire, se vide de son mystère. Je me détache d'elle. Ses fibres déteignent sur mes lèvres, ses sonorités saignent. Elle n'est plus qu'un vêtement qui traîne devant moi. Son nom, saisi, fendu, trop de fois glissé de l'intérieur à l'extérieur, s'est usé à chaque passage entre mes lèvres. Il se dégonfle. Je n'ai pas réussi à le connaître, à le désarticuler. Mais, malgré tout, je lui garde une impalpable tendresse. Je ne suis parvenue qu'à une décoloration lente, du flamboyant à la transparence. La Haute-Volta est devenue une vitre indifférente, que le soleil traverse de part en part. Comme un squelette d'oiseau, elle se dessèche dans l'air chaud de la classe.

— Qu'avez-vous, mademoiselle Latraverse?

— Je ne me sens pas bien, ma sœur. Puis-je sortir?

Éthel était en cause quelque part sur la terre. À toute vitesse, je suis resurgie à la surface de la classe, pour constater qu'Éthel, bien près de l'évanouissement, s'était levée de son siège et s'appuyait contre son pupitre pour ne pas tomber.

Sans réfléchir, je me suis écriée:

— Est-ce que je peux aller avec elle, ma sœur?

Sœur Marie-Éleuthère hésita. Mais, comme personne d'autre ne se présentait:

— Oui, accompagnez-la, mademoiselle Moreau. Allez lui faire prendre un peu d'air. Mais, revenez rapidement! Vous avez bien besoin de cet examen de conscience.

J'ai mis ma main contre la taille d'Éthel, l'autre sous son bras. Éthel était si mince et si fragile, qu'il me semblait la soulever imperceptiblement de terre. J'accentuai ma pression autour de sa taille, car je m'imaginais que, sans ma force, tout son corps se serait échappé par le bas. J'aime son ventre, j'aime ses hanches, et l'irresponsabilité de mes caresses. Éthel, elle, ne faisait rien. Elle respirait plus intensément, voilà tout. Elle me regarda alors, puis inclina la tête vers mon épaule. Je ne savais pas si je lui faisais mal ou bien. Moi, mon bien-être était si grand, qu'il me précédait. J'enserrais la taille d'Éthel, je la touchais enfin et, ainsi liée à elle, j'avais l'impression de marcher vers l'éternité, un autre corps soudé au mien.

JE TENAIS Éthel par l'épaule, et nous marchions sur l'hiver. À chaque pas que nous posions sur le sol, la neige se soulevait, jaillissait sous nos bottes et s'écrasait comme une pluie de confettis dans les traces que nous avions laissées. C'était le soleil nous éclairant par l'arrière, qui faisait ainsi surgir cette cascade lumineuse de nos talons. Et rien ne m'émerveillait autant que cette neige devant Éthel, cette neige si bleue sous nos pieds, et qui, lorsque nous la touchions, s'affolait jaune dans l'air, pour s'allonger ensuite, grisâtre, derrière nous. Tout devenait si vaste, si profond, dans la cour intérieure du couvent. La Vierge qui se dressait entre les troncs des arbres, ouvrait les mains à tout ce blanc. La neige s'était accumulée contre sa poitrine de plâtre, donnant une barbe de patriarche à la Vierge de Lourdes dont seuls les doigts tendus émergeaient de cette écume. Le vent sec tournait autour des joues d'Éthel, y déposant un peu de rose au passage. Les bruits de la rue ne nous parvenaient qu'étouffés, ouatés par ces neiges empilées sur d'autres neiges. Éthel semblait s'éveiller après un inquiétant sommeil, et tout son visage vibrait comme une plante.

— Ça va mieux?

— Oui, un peu... Il faisait si chaud dans la classe!

Nous étions parvenues à la clôture qui séparait la cour du couvent de la rue. Nous avons donc fait demi-tour. Éclaboussant, un soleil, vu de face, nous a cernées dans sa clarté. Éblouie, Éthel ferma les yeux, marchant à tâtons dans ce blanc, guidée seulement par mon bras sur son épaule. Moi, je fixais, hypnotisée, tout cet éclat. Cette lumière de neige m'excitait et me donnait le vertige. Implacable, la lumière renvoyait la lumière. Dans ce soleil de neige, nous existions, si bien délimitées et si dures, que tout devenait éternel et statique, sans possibilité de changement.

Par une fente calculée, douloureusement, les yeux d'Éthel pointèrent vers l'extérieur. De minuscules larmes, déjà solides, brillaient sur ses cils. Elle me prit la taille.

Et Éthel se mit à parler.

Elle me parla de son père, très sévère, toujours dans une grève du silence derrière ses yeux verts. Son père aux gestes glacials et souverains, aviateur de métier, qui descendait du ciel sans en garder aucune trace, et qui atterrissait sèchement dans sa maison pour juger ses filles. Elle me parla aussi de sa mère, réplique sans envergure de son père. Éthel l'aimait bien, tout en la condamnant de s'être ainsi égarée d'elle-même pour suivre inconditionnellement un homme qui ne la voyait même plus. Il y avait aussi Angèle, la grande sœur, la préférée de la famille, studieuse et aride, continuellement citée en exemple à Éthel. Par chance, il y avait son chat, son Gros-Poil, dans la fourrure de qui Éthel s'exilait, dans les coussinets tendres de qui elle pleurait. Incompréhensible Éthel, dont les excès de rage, de moins en moins fréquents, laissaient sa mère médusée. Et quand le père revenait, il resserrait l'étau de son autorité, sans s'émouvoir des plaintes et des douleurs d'Éthel qui, pourtant, étouffait lentement.

— Je ne te comprends pas, ma fille, disait sa mère

attristée lorsqu'elle retrouvait Éthel qui, cachée au fond de la garde-robe de sa chambre, enlaçait son Gros-Poil.

Je m'étais plus étroitement serrée contre Éthel. C'était l'envers d'elle-même qu'Éthel me révélait, aussi étrange que la nuit, lorsque l'on n'aurait jusqu'ici connu que le jour. Éthel, en classe, si intelligente, Éthel, toujours si sage et si muette, Éthel, si ordonnée, raisonnable, cloîtrée dans sa prison de soumission et de rage.

— Pourquoi me contes-tu tout cela?

— Parce que je t'aime, toi. J'ai toujours si peur, Béa, si tu savais.

— Peur de quoi?

— Peur de mon père, peur de n'être pas toujours la première, peur des bruits dans la nuit, peur des hommes dans l'autobus...

Petite perle de confiance qu'on me tendait du bout des lèvres. Voilà que je vivais. Je me suis laissé tomber dans la neige, étalée en forme d'étoile sur elle, pour regarder le ciel bien en face.

En fixant ainsi l'infini qui fuyait devant moi, j'atteignais une dimension où tous les hommes se ressemblent, où les différences de corps et d'esprit n'existent plus, où tout est semblable, pareil à pareil. Un endroit indéfinissable où l'on ne peut lutter contre les humains, où il n'y a que l'éther à combattre. Oui, c'était cela. J'aurais pu être Éthel, elle aurait pu être moi. Pétries dans la même pâte, le même informe. Et je humais la souffrance déposée sur l'âme d'Éthel, par un ennemi inconnu que je cherchais au ciel.

Agenouillée dans la neige, Éthel me regardait. Interrogative, elle se pencha alors au-dessus de mon visage.

— Qu'est-ce que tu fais là?

— Je défie le ciel de te faire mal, lui ai-je répondu, le plus sérieusement du monde.

Éthel a réfléchi, puis elle a ri. C'était la première fois que je l'entendais rire avec du bruit. Alors, j'ai ri moi aussi.

Nous sommes entrées au vestiaire des externes. Une vilaine odeur de linges mouillés, de caoutchouc, de moiteur, nous a accueillies. Vidés de leur contenu, une armée de manteaux pendus à des crochets, attendaient patiemment qu'on leur redonne vie. J'ai aidé Éthel à enlever sa canadienne. J'étais trop près de sa figure, et son œil s'ouvrit très grand. Je ne pouvais me repaître de cette vision de son iris grossi. Éthel s'approcha plus près encore. Son baiser rapide sur mes lèvres, laissa échapper un son étiré, et pourtant compact. Il s'était détaché de sa bouche pour se déposer sur la mienne qui en gardait une envie de boire, ou de recommencer. Sa tendresse comme de la crème, l'éclat passionné de ses yeux comme un gouffre. À mon tour, j'ai cherché ses lèvres. Je goûtai une drogue, un paradis complexe de bien-être et de douleurs roses. Une descente nonchalante, envoûtante, sans heurt, triste à en mourir, étourdissante à protéger sa tête entre ses mains, profonde à sourire à l'intensité d'un si beau vide.

Des bruits qui venaient, nous ont réveillées brusquement. Effarouchée, Éthel s'est blottie contre le mur. Pour retrouver un contact avec le réel, je serrai mon bonnet entre mes mains. C'est alors qu'une voix brune, que je ne me connaissais pas, a franchi ma bouche:

— Je vais porter mon manteau à mon vestiaire. On se retrouve à la porte de la classe? Tu m'attendras?

— Oui... oui, oui.

La lumière qui à cet instant se détachait d'Éthel, me renversait et me blessait, car je ne pouvais pas la retenir. Et je réalisais que c'est tout ce qui m'échappe qui me condamne à la souffrance.

J'ai franchi la masse des petites filles qui, en désordre, arrivait en sens inverse. Au passage, j'ai croisé la jeune pensionnaire qui, à la chapelle, au début de l'année, m'avait tant émue. Elle riait aux éclats en montrant à une compagne, un vieux cahier écorné.

ÉTHEL est venue me rejoindre devant la fenêtre de la salle de cours et elle s'est mise, elle aussi, à regarder toute cette neige qui tombait. Sans se lasser de tout blanchir, une multitude de flocons avançaient, en rangs serrés, droits devant eux, uniquement préoccupés de lisser les horizons autour d'eux. Debouts, en silence, Éthel et moi contemplions ces amas de neiges que, sans arrêt, le ciel déchargeait sur nous. Méthodiquement, elles s'infiltraient dans les moindres fissures du paysage, s'emparaient en toute quiétude d'une terre que les couleurs, les sons et même les hommes avaient désertée. Seule, une mort indolente semblait encore rôder, se lever par instants entre ces lumières lunaires, et, comme un spectre argenté, nous inviter d'un geste tendre et doux à venir, nous aussi, nous fondre à cette unité.

Et la neige poussait, croissait, s'accumulait à une vitesse incroyable. Éthel avait déposé sa main sur mon épaule, et je sentais, que comme moi, elle avait soudain l'impression d'habiter une planète sur laquelle le temps et l'espace avaient été confondus l'un dans l'autre. Aspirées par ces neiges, Éthel et moi quittions ici. Une ombre de nous seulement demeurait dans la réalité de ce couvent, une ombre qui, par mégarde, flottait encore devant la vitre de la salle de cours où, bruyamment, les élèves prenaient leur récréation. Éthel et moi étions parties, déjà indifférentes à cette salle surexcitée.

Deux corps abandonnés étaient restés fixés là, suspendus aux visions d'une fenêtre.

Et il neigait, de plus en plus, passionnément, à la folie. Continuellement, de nouvelles neiges arrivaient, qui, par gros grains entassés les uns sur les autres, nous ensevelissaient avec certitude. Par moments, Éthel et moi discernions de pâles visages qui se formaient, s'étiraient, se brouillaient, avant de s'évanouir en flocons. À chaque apparition, nous nous souriions, émues de voir la même chose, au même moment. Et je me disais: «Mon Éthel, ma petite amie à moi, si bien avec toi depuis que nous nous sommes trouvées! Presque deux mois de cela! Et il me semble que c'est l'éternité, le toujours!»

Au loin, si près, une cloche a sonné. Éthel a tressailli, infailliblement la neige a continué de s'abattre sur la terre, et, sur mes épaules, le plus lourd chagrin du monde s'écrasa. C'était fini, tout de suite fini! La récréation était terminée, et rien ne pouvait soustraire cette évidence. Une puissance invisible, mais combien oppressante, me dictait de tourner le dos à cette fenêtre, de me séparer d'Éthel, de gagner ma place dans les rangs qui déjà s'organisaient. Par grappes bleues, les élèves s'étaient arrachées de tous les coins de la pièce et, en murmurant, sans empressement, atteignaient maintenant le centre de la salle de cours où une grande tache, uniformément marine, n'en finissait pas de grossir. Avant d'aller rejoindre sa rangée, rapidement, Éthel me glissa une lettre dans la main:

— Pour toi, ma Béa, pour toi toute seule!

Déjà Éthel s'était envolée, déjà elle se posait, loin de moi, dans la file de nos compagnes qui se refermait sur elle. À mon tour, je retrouvai ma place, derrière

Pauline, devant Micheline, sentant, comme une brûlure s'enfonçant dans mon dos, le regard d'Éthel qui, plus loin dans la ligne, persistait à ne pas me laisser.

Une claquette donna le signal du départ. Par vagues, en ondulant mollement, docile, chaque groupe sortit de la salle de cours pour se diriger dans un silence infernal vers sa classe respective.

Par la fenêtre de la classe, il neigeait tout autant. À pleins tonneaux, l'hiver en entier s'abattait, d'un seul coup, sur Montréal. Périr étouffés sous les neiges, voilà ce que nous méritions tous! Et c'est le sort que ce pays nous réservait! Nous l'avions voulu, après tout! Toujours en fuite dans nos maisons au moindre grain de neige, et ne résistant à l'hiver que par l'inertie!

En moi, une couche de nervosité s'empilait sur d'anciennes couches, encore suppurantes. À nouveau, le temps se remettait en branle sans mon consentement. Il bougeait, il avançait, sans que je parvienne à le suivre. Encore une fois, il allait me laisser derrière lui, à piétiner sur place, à compter les secondes qui me séparaient d'Éthel. L'ennui, dans cette classe beige aux plafonds trop hauts! L'éternel recommencement des mêmes hantises, des mêmes paroles, du même scénario! Entre mes mains, tremble la lettre d'Éthel. Autour de moi, des couvercles de pupitre se soulèvent; des livres de latin, des crayons, des cahiers apparaissent. Des serviettes s'ouvrent, se vident, se ferment, se recouchent aux pieds de leurs maîtres. Sages, muettes, le dos droit, des élèves-automates attendent maintenant

un signal de sœur Marie-Éleuthère pour se mettre à
«penser latin».

— Ce matin, c'est vous, Éthel, qui viendrez nous
lire votre version.

Épargnés, tous les automates se dégonflent en même temps, en laissant sortir un soupir de satisfaction.

Éthel, l'appelée, se lève, longe l'allée, s'éloigne de
moi à chaque pas. Elle se hausse enfin jusque sur la
tribune et, frémissante, regarde sœur Marie-Éleuthère
qui, d'un geste condescendant de la tête, l'incite à débuter sa lecture. Lointaine de moi, animée par une
sensation différente de la mienne, soumise à une autorité que je ne comprends pas, Éthel est là pourtant,
debout en avant de la classe. Mais, déjà, ce n'est plus
tout à fait elle qui lit d'une voix apeurée et sans faille
sa version latine. Sa petite veine bleue au-dessus de sa
joue, vibre, se gonfle, s'inquiète, comme un oiseau qui
n'arrive pas à prendre son envol; puis, elle se calme,
clouée au sol par la fatalité. Domestiquée, Éthel ne
cherche plus maintenant qu'à atteindre cette déper-
sonnalisation qui est le gage d'une élève modèle pour
sœur Marie-Éleuthère.

Et plus Éthel devient étrangère à elle-même, plus
la révolte respire et monte en moi. Je hais ces dieux
de l'école devant l'autel de qui Éthel est sacrifiée. Je
hais cette soumission en Éthel, cette peur morbide qui
pour un rien la traverse et qui nous divise à chaque
fois. Je regarde intensément Éthel, cherchant ainsi à
rompre cet espace qui nous sépare, à tracer dans l'air
une voie imperceptible aux autres, et où, sans crainte,
elle pourra me retrouver. Mais, dès que je pose sur
elle ce regard où brillent mon désir et mon appui, elle
détourne aussitôt les yeux et elle plonge avec plus de

conviction que jamais dans sa copie. Éthel se sauve. Éthel m'isole. Éthel me rejette. Éthel devient métal. Entre mes mains moites, je froisse la lettre qu'elle m'a donnée à la récréation.

Ne pouvant pas croire qu'une concentration de mes efforts n'arrivera pas à briser l'isolement dans lequel elle me maintient, obstinément, je fixe le paravent de ses paupières baissées.

« Éthel, regarde-moi, mais regarde-moi donc!
Pour l'amour de Dieu, ouvre-moi la porte!
Je n'ai plus de feu! »

Elle relève enfin la tête, mais pour mieux s'attacher à un vague point, au fond de la classe, centre de mon exil. « Va chez la voisine », me siffle-t-elle, avant de se tourner, attentive, vers sœur Marie-Éleuthère qui vient de lui poser ses prévisibles questions-pièges. Mes yeux lamentablement se mouillent à trop vouloir m'infiltrer jusqu'à Éthel. Et subitement, tout à coup, du désintéressement total pour ma pupille, pour Éthel qui ploie de satisfaction sous le sourire approbateur de sœur Marie-Éleuthère.

— C'est parfait, Éthel, ... comme toujours! Vous pouvez regagner votre place. Et maintenant, voyons voir si Pauline...

Éthel descend de l'estrade. Ses pas légers, aériens, qui reviennent dans l'allée. Ses lèvres qui maintenant fleurissent, s'épanouissent. Ses yeux libérés cherchent les miens. Trop tard. Sur moi, je me suis repliée, et c'est la rage qui me fait trembler ainsi, qui me pousse à écouler dans les larmes ce flot de violence. Je t'en veux, Éthel, d'apparaître et de disparaître à ta guise, de tout ravager en moi, et de me renier dès que la moindre autorité t'aspire. Et je roule désespérément mon amour pour toi, ne sachant comment l'assouvir, comment combler cette immense ouverture de toi qui me fait souffrir.

La petite moue d'incompréhension et de tristesse, qu'avant de s'asseoir Éthel me jeta, me fit subitement fléchir, regarder avec regret mes mains qui déchiraient sa lettre en menus morceaux.

J'AI l'impression d'être un vieux manteau en lambeaux, une affreuse loque qui voudrait disparaître dans le noir de la nuit et de ses couvertures. Roulée en boule dans le creux du lit, là où il forme un nid, les draps remontés par-dessus la tête, je suce mon pouce pour m'aider à mieux m'enfoncer dans mes ténèbres. Encore un effort, et je ne me souviendrai plus de cette journée. Encore un peu, et j'oublierai ces mots qui m'ont tant fait souffrir. Encore un pas, et je vais dormir.

De toutes mes forces, je repousse la fibre furieuse qui refuse de se perdre avec moi dans le sommeil et qui me dérange en remuant continuellement, là, dans mon ventre. Je m'encercle de mes bras, je me berce en roulant de gauche à droite dans mon lit, espérant ainsi calmer cette folle de fibre qui persiste à se souvenir. Mais elle s'énerve de plus en plus, elle va, elle vient, elle frappe à grands coups sur les murs de sa prison. Subitement, elle s'élance et elle remonte jusque dans ma gorge. Trop tard! Malgré moi, elle s'échappe dans un accès de toux nerveuse. C'est raté, je ne pourrai plus dormir maintenant! Avec rage, je repousse mes couvertures. «Dites donc ce que vous voulez, sœur Marie-Éleuthère, je m'en fous complètement! Je ne fonctionne plus, ne fonctionne pas.» Le nom qu'il ne fallait pas dire est lâché, et j'éclate en sanglots.

Oh! comme je voudrais retrouver la petite Béatrice qui jadis se couchait sur le fleuve et qui glissait
jusqu'à son père. Son père alors la sauvait des eaux
en la couvrant de baisers. Mais, c'était avant, ailleurs,
quand une Béatrice minuscule vivait sous le toit de sa
maison. Mon père était sage en ce temps-là, assis roya-
lement sur le courant du fleuve. Maintenant, je n'ai
plus de père. Il dérive. Je divague. Je suis emportée
par les larmes et je m'accroche désespérément à l'île
de mon oreiller pour ne pas sombrer. Engloutie par la
peine. Mourir le visage inondé de sel.

« Toujours à l'écart aussi, jamais dans le droit
chemin », a dit sœur Marie-Éleuthère. Je me soulève
brusquement dans mon lit pour crier à sœur Marie-
Éleuthère, de déguerpir, de me ficher la paix à la fin!
Je me retrouve, assise dans le noir, le visage bour-
soufflé, confrontée à la grande gueule du dortoir, ouverte paisiblement devant moi. Le souffle des pensionnaires endormies, ronronne régulièrement dans la nuit.
Toutes ensembles, elles se sont égarées dans le sommeil. Seule, oui, je suis seule, dans ce dortoir à avoir
été écartée du repos. Je suis la seule à encore me sou-
cier de la journée d'aujourd'hui, à devoir l'affronter
une deuxième fois.

Et pourtant, elle avait si bien commencé, cette
journée. Depuis plusieurs jours déjà, il n'y avait plus
une tache de neige; toutes fondues les neiges, absor-

bées par la terre, le ciel et les corbeaux. Et soudain, toute cette lassitude, cet immense chagrin qui, en fin de journée, s'élève devant le soleil, et qui l'éclipse. Par la fenêtre, j'avais vu Éthel qui se tenait dans la cour du couvent et qui, ni trop lourde ni trop légère, avançait, se retournait à chaque pas, et me saluait de la main. Pauline était à côté de moi qui m'attendait pour commencer à faire le ménage de la classe. Avant de débuter, par la fenêtre entrouverte, j'envoyais à Éthel des signes d'amitié. Autour d'elle, les feuilles naissantes jetaient une lumière, ni tout à fait verte, ni vraiment argentée. Soudain, dans mon dos, sœur Marie-Éleuthère est là, qui bondit, et qui anéantit par ses cris cette fragile complicité avec le monde. «Mademoiselle Moreau, vous êtes une mauvaise compagne pour Éthel, une fausse amie,... une impure!»

Je suis trop flasque pour résister, trop vivante pour couler tout à fait. En pleurant, j'émerge à nouveau sur mon oreiller. «Une fausse amie,... moi?» Je me ballotte dans mon lit étroit, au dortoir de la souffrance. J'ouvre dans le noir, des yeux illuminés par les larmes, pour jouir de l'image d'une sœur Marie-Éleuthère qui se désintégrerait, tomberait en miettes, là, devant moi, sur le plancher. Réduite en poudre, Éleuthère!

Elle ne m'écoutait pas aussi! Je ne pouvais rien riposter. À chaque fois que j'entrouvrais la bouche, elle criait encore plus fort. «Vous entraînez Éthel! Une si bonne enfant, une élève modèle! Vous êtes perverse, Mademoiselle Moreau... perverse... J'appelle votre père, ce soir même!»

Et pourtant, la journée s'était si bien déroulée avant que ne sonne quatre heures. À la récréation du

midi, je m'étais tant amusée avec Éthel, à regarder les
oiseaux s'accoupler en plein vol, à croiser en couron-
nes les pissenlits neufs. Et puis, avant de commencer à
faire le ménage avec Pauline, je m'étais assise sur le
rebord de la fenêtre pour saluer, comme convenu,
Éthel qui allait prendre son autobus sur la rue Mont-
Royal. Et je la regardais, et elle m'envoyait la main.
Derrière mon épaule, Pauline murmura:

— Tu la trouves belle, Éthel?

— Oui, même plus que ça! Si j'étais...

Atroce Éleuthère, aux yeux bruns, aux gros sourcils, et qui lance ses mains en l'air, qui marche à reculons, qui revient en accélérant, avant de stopper brusquement devant moi. «Votre père sera mis au courant... l'aumônier aussi! Vous vous repentirez, Béatrice!» Et son regard posé en dedans de moi, regard
non pas chargé de haine, mais de soufre. Je me bouche les oreilles, je les écrase de mes deux mains et,
dans mon lit, je chante «la, la, la, la...», pour ne plus
entendre crier sœur Marie-Éleuthère. Je me balance.
Je suis un enfant-sac et je me répète: «Charles Baude-
laire est mort... Bau-de-laire est devenu poussière...
Beau en l'air!»

Et pourtant, l'air était si pur aujourd'hui. Il glissait
au fil du temps, glissait contre moi, en moi. Un ciel de
douceur louvoyait vers la terre, louchait sur elle. Le
ciel avait des cils, entre lesquels la lumière passait. Pauline me frôla l'épaule:

— Tu la trouves belle, Éthel?

— Plus que ça! Si j'étais un garçon, je l'épouse-
rais.

Tout craque. Le monde chavire de sa plate-forme,
bascule dans son contraire. Sœur Marie-Éleuthère se

tenait, là où je ne pouvais la voir, derrière ma nuque.
Elle a tout vu, tout entendu, et elle me jette des regards incrédules, outragés, assassins. Soudain, son visage près du mien: toute cette eau de la bouche
qu'elle m'envoie en pustules sur le front. Ses cris qui
fusent, grimpent, se frappent au plafonnier, retombent
amplifiés dans mes oreilles. «Voilà longtemps que
j'avais compris votre manège, mademoiselle Moreau...
votre manège... et vous voulez contaminer les autres!»
Pauline qui me dévore des yeux, qui cherche sur moi,
en moi, les traces visibles de cette maladie dont je suis
porteuse. J'aimerais bien, comme Pauline, faire un pas
en arrière, m'écarter de moi, et voir, moi aussi, de
quelle affection je suis atteinte.

— Pauline, sortez, laissez-moi seule avec cette
jeune personne! Ne répétez surtout pas aux autres ce
que vous avez entendu ici!

Pauline qui referme discrètement la porte, Éthel
qui monte sûrement dans son autobus, et moi qui
cherche avidement sur le visage de sœur Marie-
Éleuthère, l'explication de tout ce drame.

Mais sœur Marie-Éleuthère ne disait plus rien
maintenant. Assise dans son fauteuil sur la tribune, ins-
tallée confortablement au-dessus des choses, méprisi-
sante, elle me fixait. Patiente, elle laissait du temps oc-
culte s'accumuler entre nous. Je ne savais plus si je
devais partir, questionner, attendre. De seconde en seconde, la certitude de mon innocence s'effritait, tombait, s'évanouissait. «Papa, mais qu'est-ce que j'ai fait
de mal, de si mal?... Dis-lui d'arrêter de me regarder
ainsi!...» Je baissai les yeux. Je n'en pouvais plus de
soutenir ce regard minéral allié au silence.

— Mais, je n'ai rien fait, ma sœur... rien de...

Avec quelle joie, sœur Marie-Éleuthère repoussa le silence et s'élança pour venir palper, soupeser, le poids de ma culpabilité.

— Mais, Éthel est mon amie, et nous ne faisons...

Avec quel raffinement sœur Marie-Éleuthère me questionne, me confond, me divise, puis me déchire d'un coup sec.

— Non, ce n'est pas cela, ma sœur...

Avec quelle pudeur, elle s'arrête soudain. Ces mots qu'elle retenait parce que trop abominables, ces mots cachés qui me faisaient plus souffrir encore que les mots dits. Et puis, ses doigts aux ongles ronds, aux ongles blancs et sans trace, qui tambourinent sur le pupitre. Son visage lisse, devenu soudain presque tendre, sa bouche craquelée, étirée, toute humide au centre, qui s'approche très près de moi.

— Vous aimez Éthel, Béatrice ?

— Oui, ma...

Ses cris qui s'affolent à nouveau, qui traversent mes oreilles en accrochant tout au passage, et qui se bousculent jusque dans le corridor. « Qu'elle arrête de crier, Seigneur ! Tout le couvent va savoir. On nous montrera du doigt. Éthel sera énervée... et à cause de tout ça, elle ne me parlera plus ! »

Hideuse, oh ! oui, je devenais hideuse à chaque parole de sœur Marie-Éleuthère. Je gelais sur place, et sans même savoir pourquoi. « Et vous n'avez aucun remords, aucune larme, mademoiselle, pour le mal que vous avez fait. Agenouillez-vous et récitez tout de suite l'acte de contrition devant le Sacré-Cœur ! »

M'humilier ainsi après m'avoir meurtrie, alors que je n'avais rien fait. Ç'en était trop ! Je sentais monter en moi une colère qui allait foudroyer sœur Marie-

Éleuthère par sa violence. «Je suis peut-être une exaltée, comme vous dites, mais vous, vous êtes une vieille folle, un petit arbre rabougri, sec, inutile, qui tire sa sève des larmes des autres,» allais-je lui flanquer au visage. Et tout à coup, je vis sa souffrance à elle, toute rouge et aride sur le pourtour de ses lèvres, son malheur intime qui roulait, bilieux, dans ses yeux déjà cinquantenaires.

Je me suis mise à genoux devant le Sacré-Cœur. Encore du sang, toujours du sang, même sur les dieux! Cela coulait de son cœur jusqu'à nous, et je voyais les éclaboussures projetées partout à travers le monde, maculant, sans en épargner aucune, l'âme de chaque humain. De la souffrance en moi, sur moi, autour de moi! Apeurée, j'assistais au raz-de-marée de la souffrance sur l'univers. Elle s'infiltrait partout où il y avait vie, fauchait les plus solides sur son passage, s'agrippait à mon cœur pour l'emporter dans sa débâcle.

Affolée, j'ai levé la tête vers sœur Marie-Éleuthère:

— Récitez l'acte de contrition avec moi, je vous en supplie, ma sœur!

À ces mots, sœur Marie-Éleuthère devint exangue. Puis, un rouge de plus en plus éclatant, descendit d'un seul jet de son front jusqu'à son menton. Pour me protéger de l'avalanche de cris qui, c'était certain, allait pleuvoir sur moi, j'abritai mon visage entre mes mains.

Mais, c'est une voix fluette, traversée de frissons et de demi-teintes, qui me fit sortir d'entre mes doigts.

— Je ne vous comprends pas, Béatrice. Vraiment pas. Sortez. Laissez-moi. Allez rejoindre les autres à la salle d'étude. Sortez tout de suite! Laissez-moi.

Quand je suis entrée dans la salle d'étude, j'avais
des yeux exagérés, un visage trop clair, pour passer
inaperçue. Tous les regards se sont levés vers moi,
m'ont lentement et profondément pénétrée. Un courant de grâce, de sympathie, nous a subitement unies
les unes aux autres. Fraternellement, les pensionnaires,
grandes et petites, regardaient mon âme mise de force
à nu, et, l'espace d'un moment, tous ces visages si-
gnifièrent la même conscience: nous étions toutes ici
pour apprendre, à des degrés divers, mais avec la
même intensité, la douleur. Durant un instant, une
communion presque palpable nous enveloppa dans la
même fatalité. Un coup de claquette provoquant, rom-
pit ce lien entre nous. Ce sont des têtes redevenues
indifférentes ou critiques, qui retombèrent sur leur devoir.

Incapable maintenant d'affronter l'immense allée
qui me séparait de mon pupitre, je restais comme collée à la poignée de la porte. J'espérais traverser, sans
m'en rendre compte, ce temps cruel qui me séparait de
la solitude. J'aurais tout donné pour être, maintenant
et tout de suite, au dortoir, dans mon lit dissimulé par
la nuit, car, dans ce couvent hostile, c'était le seul endroit qui fût à moi.

Et voilà que cette nuit tant attendue était là. Enfin Béatrice avait pu y laisser éclater sa peine, et, à son grand étonnement, la peine ne l'avait pas anéantie. Béatrice existait toujours, un peu plus transparente, voilà tout. De la pluie en grappes, en fils pendus comme de longs colliers de tristesse, tombait maintenant sur la ville, dans le jardin du couvent, contre les vitres du dortoir. La voix d'une pensionnaire qui parlait en dormant, parcourut un moment les allées, puis la pluie, qui, au ralenti, se heurtait sur les carreaux, peupla de nouveau le silence. Le temps régulier et monotone avait repris ses mesures habituelles. Il coulait, redevenu rythme uniquement.

Après avoir entrouvert le rideau qui faisait de sa cellule un refuge-prison l'isolant du monde, Béatrice revint s'étendre sur son lit. Elle tourna la tête vers cet espace découvert qui lui permettait de deviner une fenêtre du dortoir. Les yeux désormais rivés sur ce point de la terre d'où le soleil allait surgir, elle n'avait plus maintenant qu'à attendre que la lumière revienne. Car, c'était infaillible, bientôt, un nouveau matin allait prendre racine. Et, sans faillir, elle patienterait jusqu'à ce que tout recommence. D'ailleurs, par les ombres jaunâtres qui ondulaient contre la vitre, Béatrice savait que l'œuvre du jour était déjà amorcée quelque part.

Juillet, bord-de-mer, États-Unis.

MON ÉTHEL,

Il fait si chaud ici, que même le vent ne parvient plus à retrouver son haleine. Il y a déjà une semaine que la famille a enjambé, en une seule journée, le pays, pour se retrouver dans la bouche d'un dragon. Il fait si chaud dans sa bouche, que j'ai l'impression de perdre mon sang. Et ce bruit de la mer qui n'en finit jamais de tomber.

Étrange vie, Éthel, près d'un bassin infini d'eau salée. Très tôt le matin, ou au crépuscule, les chiens amènent leurs maîtres sur la plage. Excités, en gambadant, les chiens se précipitent vers la mer et, dès qu'ils la rencontrent, ils la saluent par de profondes révérences et par de doux jappements, alors qu'au loin, la tête basse, le maître traîne de la patte. Le jour, ce sont les enfants qui conduisent sur la grève les maîtres, métamorphosés en parents. Je regarde, comme sur une image, ces enfants blonds à la peau rouille qui, toute la journée, jouent avec la mer. Rude, bleue, intransigeante, elle s'amuse à fouetter tous ces corps en même temps. Mais les enfants comme les chiens ne la craignent guère et ils s'enfoncent, extasiés, entre les brulûres de ses vagues. Des enfants, il y en a tant et tant, éparpillés comme des coquillages entre le sable et l'eau! Et puis, cette odeur épaisse de noix de coco qui

me poursuit partout sur la plage et dans laquelle les
parents cuisent à longueur de jour. Parents-épaves,
abandonnés au matin dans le sable, et qui seront ra-
massés, le soir venu, par leurs enfants qui, à nouveau,
les redéposeront le lendemain sur le même coin de
grève.

Bien sûr, il y a aussi ces éternelles clôtures de bois
qui courent, en titubant, entre le sable et le sable.
Longeant sans arrêt l'océan, de partout, ces palissades
retiennent l'Atlantique dans un pâturage.

Tout passe, tout s'éloigne soudain, quand la mer
se retire, et que la grève trop vaste rejoint l'horizon.
Alors, la mer roule là-bas, laissant derrière elle de minuscules points humains, posés sur son désert éphé-
mère. Malgré les marées, rien pourtant ne semble
vraiment changer, et une sorte de béatitude un peu
inquiétante pèse dans l'air. Le bord de mer manque
d'ombres. Tout est trop clair ou trop obscur ici, et je ne
parviens pas à saisir comment fait le temps pour
s'écouler, pour changer d'angle. Soudain, c'est la nuit,
et, aussi soudainement, voilà le jour. Tout comme avant
il y avait Éthel, et puis, Éthel n'est plus. Où donc Éthel
et le temps sont-ils passés? Et je suis à peine ici. Un
doigt seulement dans la vie, un doigt qui, avec indifférence, flotte dans la réalité. Le reste est ailleurs, dans
un éther où tout se bouscule, où tout fermente. Je suis
devenue une grande digestion qui, du matin jusqu'au
soir, déglutine l'année passée avec toi. Je m'étends
dans le sable avec mes souvenirs, et ils m'aspirent vers
le fond, m'interdisant toute autre rencontre. Contre
moi, je suis entraînée au passé.

Et pourtant, Éthel, j'ai tant de mal à retrouver les
traits exacts de ton visage, que souvent je me demande

si tu as vraiment existé. Tes traits, je les cherche tant et tant que, sous cet effort trop grand, ils me glissent de la mémoire, ils se déforment ou se cachent, ne me laissant d'eux qu'une vision fausse, partielle, obsédante. Je ne parviens plus à reconstituer la véritable Éthel, et, de jour en jour, la difficulté augmente. Je perds aujourd'hui ce qu'hier encore je possédais de toi. Que me restera-t-il d'Éthel à la fin de mes vacances? Une profonde insatisfaction de n'avoir pas, de n'être pas, enveloppe chacune de mes journées. Le vide et d'étranges sensations vives se côtoient, se heurtent, s'accouplent en moi, puis se dissipent, sans que je puisse me souvenir de ce qui s'est vraiment passé.

Et je pense à toi, mon Éthel, à toi qui es restée collée à Montréal, qui avances dans l'humidité de ses rues, qui s'arrêtes sous notre arbre au parc Lafontaine. Tu fixes un long moment l'eau stagnante du bassin. Si mêlée subitement à toi, qu'avec ta main, je caresse distraitement l'écorce du grand érable. Mais aussitôt je retombe, solitaire, sur cette grève jaune assaillie par la mer. Tu te trouves si loin, Éthel, tu te trouves là-bas, et j'ai si peur, car tu es si petite, si petite, et pourtant, si impénétrable. J'ai tout l'été à traverser avant de te retrouver, et je ne sais comment me protéger contre cette torpeur, contre cette perte de densité qui me vient quand tu n'es pas là.

Quelquefois, en cachette, je fume des cigarettes. Cela passe le temps, occupe l'espace. J'aime bien cet air gris et tiède qui m'entre par la bouche, et qui se promène un doux moment dans ces endroits mystérieux que jamais je ne toucherai, et qui vivent à l'intérieur de moi. Mais je ne m'inquiète pas de cette intrusion, car même si la fumée semble demeurer un temps infini en moi, je sais qu'elle se retirera, chaude et troublée, et qu'elle s'élèvera, libérée, en volutes, devant moi. Je la vois s'étendre en forme d'entonnoir, s'éparpiller, puis se dissiper dans l'air, sans que j'essaie même de la retenir. J'ai compris que c'était inutile, et puis, pour être franche, je ne m'intéresse pas à la fumée. Ce sont les cigarettes qui me fascinent. Ébahie, j'assiste à la mort de chacune d'entre elles. Du temps qui s'est consumé dans l'espace! Et puis, plus rien. C'est étrange, Éthel, ne trouves-tu pas?

Il y a aussi autre chose. Hier, sur la plage, j'ai vu une petite fille, rousse comme un péché. Si laiteuse, si laide, si différente! Elle se promenait toute seule sur la plage. Elle semblait n'appartenir à personne. Elle avait des cheveux presque rouges qui, tirés vers l'arrière, dégageaient complètement une figure chiffonnée et qui, de dos, flambaient luxuriants jusqu'à ses fesses. Son costume de bain était trop petit, et sa peau blanche que le soleil semblait incapable de percer, de brunir, débordait de partout. Moi, je me mourais d'ennui, enfoncée dans le sable près des clôtures de bois, l'âme planant comme du coton usé au-dessus des gens, de la plage, de l'univers. Je crois que lentement je devenais minéral, lorsque, tout à coup, j'ai été frappée par cette solitaire petite fille rousse à la bouche tordue par un mauvais sourire. Tous les autres sur la grève avaient l'air de voguer à la dérive, mais elle, elle seule, échappait à cette déviation et choisissait sa destination. En marchant, elle sautillait, sur une jambe, puis sur l'autre, elle esquissait un vilain sourire, puis le dissimulait. C'est ce climat d'ennui où mes mains et mes yeux ne me sont d'aucune utilité, qui me jeta dans le sillage de cette petite fille rouge. En elle, tout servait. En se trémoussant, elle passait, provocante, entre ces corps bruns et huileux, gisant sur le sable. Tous ces gens me donnaient l'impression de dormir, en cascades, empilés les uns sur les autres. Moi aussi, je somnolais, mais seule, en lassitude, ne pouvant malgré tout m'empêcher de regarder. Cette petite fille rousse, elle, vivait, complètement, dans chacune des pores de sa peau. Elle avançait, en clopinant, son sourire agaçant apparaissant par intermittence entre ses lèvres. Elle s'arrêtait soudain, sans raison apparente, au-dessus d'un corps étendu et, sans gêne ni crainte, elle se mettait à l'inspecter minutieusement de haut en bas. Après quelques instants, la personne étudiée se soulevait péniblement, cherchant, à moitié hébétée par la chaleur, ce qui provoquait son mal-être et qui l'obligeait ainsi à sortir de sa léthargie. C'est alors qu'intriguée, incrédule, elle rencontrait, dressée devant elle, la petite rousse qui, comme si de rien n'était, continuait à poursuivre attentivement son examen. Immanquablement, d'un geste hostile et irrévocable, on la chassait loin de soi, en lui marmonnant durement «d'aller jouer plus loin». Un court instant, la petite fille soutenait le regard de la personne, et, après qu'embarrassée celle-ci eût baissé les yeux, la rousse ébauchait un sourire malin et blessé qui laissait entrevoir des dents étincelantes, mais minuscules. En haussant les épaules, elle s'éloignait alors et, toujours en dandinant ses chairs molles, elle allait, quelques instants plus tard, se planter au-dessus d'un autre corps assoupi. Et le même manège recommençait.

Lentement, je me suis déracinée de mon trou de sable. J'allais retrouver la petite fille rousse, car, même si elle me répugnait, je savais, qu'à elle, je pourrais parler d'Éthel, et qu'elle, elle comprendrait.

Soudain, une main chaude et creuse s'est mise à caresser mon crâne. Mon père se tenait debout devant moi en me souriant de ses grands yeux transparents d'animal affectueux. Il s'est accroupi en face de moi, il a soulevé délicatement mon menton avec son doigt et, une fois mon regard posé dans le sien, il me lança un clin d'œil complice. J'ai noué mes bras autour de son cou et je me suis mise à pleurer. Je m'ennuie tellement de toi, Éthel!

— Laisse-toi faire un peu, ma Béa! a-t-il dit. Tout est beaucoup plus simple qu'on croit.

Il s'est alors assis à côté de moi dans le sable, et, en nous tenant la main, en silence, nous avons regardé la mer reculer. Une fois de plus, j'assistais, surprise, déçue, heureuse, à l'éloignement des eaux qui ne se retiraient pas plus loin que prévu.

DANS L'ESCALIER sombre conduisant au dortoir, j'ai croisé sœur Marie-Éleuthère qui, au passage, m'a jeté un regard équivoque. Tout en continuant de descendre, elle m'a lancé:

— Alors, Béatrice, heureuse de nous revenir, de réintégrer notre grande et belle famille?

Maintenant dégagée de sœur Marie-Éleuthère, je constate qu'elle me gêne, qu'elle m'a toujours embarrassée. Elle me donne l'effet de porter un vêtement trop étroit pour elle, et qui constamment menace de lui éclater sur le dos. Et c'est cela qui me trouble; l'indifférence et la culpabilité que je ressentirais devant la nudité inutile de sœur Marie-Éleuthère, soudain libérée devant moi de la protection et de l'étau de ses habits. Par chance, j'ai devancé sœur Marie-Éleuthère d'un an, je l'ai laissée derrière moi, en Éléments Latins! Léa qui connaît toujours les nouvelles avant les autres, m'a appris que nous aurions cette année comme titulaire, sœur Marie-Édith, une jeune religieuse dont c'est la première année d'enseignement.

Revenue à la réalité, j'allais répondre à la question que sœur Marie-Éleuthère venait de me poser, lorsque je constatai que cette dernière avait déjà disparu dans l'escalier. Engloutie vers le bas, sœur Marie-Éleuthère, absorbée par les caves du couvent! Et c'est sans regret pour cette conversation avortée, que j'ai continué à escalader, deux par deux, les marches menant au dortoir. J'ai vu Éthel, hier, je la revois demain en classe, et sœur Marie-Éleuthère n'est plus désormais qu'un fantôme, incapable de hanter la plus petite de mes pensées.

Au dortoir, tout en rangeant mes effets dans les placards, dans les tiroirs, je songeais à cette rencontre d'hier avec Éthel. Sitôt revenue de la mer, je lui avais téléphoné. Je sais la peur que le téléphone inspire à Éthel, et ses réponses oppressées à l'autre bout du fil m'infusaient sournoisement la même crainte. L'une et l'autre, nous restions donc suspendues aux silences, ne sachant que nous dire pour les combler, mais incapables d'interrompre la communication. Effarouchées par nos voix sans visage et depuis trop longtemps étrangères, nous ne pouvions faire plus, pour nous comprendre, que d'écouter la respiration de l'autre. Nous nous sommes, enfin, donné rendez-vous pour le lendemain, sous notre arbre, au parc Lafontaine.

De bonheur, je léchais les rues qui me conduisaient à Éthel et, en souriant, je me demandais où allaient tous ces gens que je croisais. Ils sont des mondes froids, et pourtant imbibés d'odeurs, des univers ronds, et pourtant illimités, qui ont, peut-être, eux aussi, une Éthel les attendant au bout du chemin. Voici que je m'habillais de clarté comme cette journée de septembre et que je franchissais sans difficulté le pont reliant la terre au ciel.

Éthel était là, bleue et pâle, sous notre arbre, et j'entrai, noircie par la mer, plus gitane que jamais, dans la grandeur de sa blancheur. Sa nuque fragile, sa troublante veine pervenche, ses regards sauvages, inquiets, limpides, occupaient à nouveau l'espace tout entier.

Instantanément nous étions bien, Éthel et moi, à humer ainsi l'eau boueuse du bassin, à regarder les grosses mouches noires se poser sur le tronc de notre arbre, à palper dans l'air l'oscillation des saisons qui inclinaient, imperceptiblement, vers l'automne. Des abysses de la terre, la clarté surgissait, montait en larges faisceaux dans l'atmosphère et s'élevait, implacable, jusqu'au ciel. Étendues dans la mare de lumière que le soleil inventait sur l'herbe, Éthel et moi, nous nous contions, tout en fixant l'azur du firmament, les mille petits faits qui avaient tissé notre été. En se laissant ainsi glisser dans le bien-être, nous trompions l'infini, Éthel et moi. Subtils et intenses moments, à la fois si doux et si enivrants, si courts et pourtant éternels! Les cheveux d'Éthel dans l'herbe, tout son corps retenu, à côté du mien, par la terre. Et soudain, la crainte d'un monstre marin surgissant au centre du bassin et emportant Éthel dans son antre. Mais elle est bien là, à mes côtés, et je me soulève, m'appuie sur un coude, pour mieux vérifier, contempler, son visage où ondulent les bleus et les verts de l'été finissant. Un si grand désir d'embrasser sa peau, ses ongles, de l'avaler pour à jamais la conserver à l'intérieur de moi! Mais, à son tour, Éthel se détache du sol, se lève, enlève, attentive, les brindilles collées à sa jupe et à la mienne. Nous nous écartons de notre arbre et nous longeons une fois, trois fois, les eaux du bassin, éloignant ainsi à chaque tour le moment de notre séparation.

— Je trouve la vie si compliquée... si dure à...

— Moi, je la trouve platement plate! trancha brusquement Éthel.

Elle avait soudain pris ce visage buté et fatal que

je lui connaissais trop bien. C'était toujours cette tête tragique et sèche qui lui servait d'abri lorsqu'elle franchissait les limites de l'impuissance. Pourtant, elle sait à quel point cela m'atteint, lorsqu'elle se dissimule ainsi derrière ce bloc monolithique où rien ne doit entrer. Elle n'explique plus, elle se mure irrémédiablement. Quand tout tourne ainsi au vinaigre, à mon tour, je mets mon masque courageux et patient, qui me permet d'inventer, sans envenimer ma peine, mille contorsions savantes servant à briser l'entêtement morbide d'Éthel, et à comprendre, sans son aide, d'où vient son mal. C'est un jeu étrange. Éthel se fait de plus en plus lointaine, et pourtant de plus en plus lourde. Et moi, je m'épuise à chaque pas; car, non seulement je la poursuis là où elle va se cacher, mais je la traîne comme un boulet.

Nous tournions pour la cinquième fois autour des eaux du parc Lafontaine. Éthel s'attardait devant un rien, s'arrêtait à tout moment pour jeter du bout du pied du gravier dans la vasque. Les mains dans le dos, à quelques pas d'elle, j'attendais, je la regardais. Sa veine bleue sous sa joue se gonflait tragiquement, et son pied, lentement, amenait un caillou au bord du bassin, puis, méthodiquement, le balançait dans l'eau. Chacun des gestes d'Éthel se détachait nettement l'un de l'autre, s'accomplissait comme au ralenti, se collait sans bavure sur ma rétine, dans mon cerveau. Les gouttelettes d'eau projetées par la chute du caillou prirent un temps infini avant de venir s'écraser sur la surface du bassin. Et je voyais clairement en moi, en Éthel, comme si subitement nous étions devenues transparentes. Je percevais si distinctement la zone morte en moi, qui, comme Éthel, désirait anéantir l'instant, tout abolir avant d'être soi-même supprimée par le temps, que je ne comprenais plus, pourquoi ce n'était pas moi, mais bien Éthel qui devait remplir ce rôle d'inertie. Je savais qu'Éthel ne comprenait pas plus, pourquoi c'était elle qui s'était engagée dans cette voie absurde qui nous éloignait l'une de l'autre, et pourquoi c'était moi, et non elle, qui devais agir pour nous réunir. Éthel ne savait plus comment revenir en arrière, comment se départir de ce déguisement qui maintenant lui dictait ses actes. Et moi, j'étais tout aussi incapable de lui dire que je savais, que je l'attendais. Ce n'était pas la première fois qu'une telle folie nous envahissait; mais nous n'avions pas encore trouvé la brèche par où nous entrions et sortions soudain de ce cercle vicieux.

Éthel se pencha, choisit systématiquement, parmi ce qui traînait sur le sol, un morceau de verre brisé, et elle le lança, sans conviction, dans l'eau.

— Tu m'énerves, Béatrice! me jeta-t-elle soudain sans même se retourner. Tu m'énerves vraiment avec ton absurde confiance, ta manie de vouloir tout comprendre! Tu ne comprendras jamais rien! Jamais! Il n'y a rien à comprendre. Comprends-tu? Rien!

À ces mots, un cœur énorme se gonfla dans la poitrine de Béatrice. Un cœur envahissant, monstrueux, qui devait sans éclater la porter, et transporter en plus une Éthel blessante. Et au même moment, Béatrice voyait son cerveau qui devenait glacé, blanc et vaste, une sorte de cerveau électronique qui l'empêchait de sentir la douleur, un cerveau efficace qui tuait

la souffrance à l'instant même où elle naissait. Et Béatrice oscillait entre cette tête agrandie et ce cœur trop
gros, qui respiraient l'un et l'autre en sens contraire,
qui se contredisaient continuellement. Une immense fatigue lui venait de devoir ainsi lutter contre elle-même,
contre Éthel, de rechercher un équilibre inaccessible,
et sans même saisir pourquoi il était si vital de tout ré-
concilier. Tout ce que Béatrice retenait, c'est que cette
mélasse dans laquelle elle surnageait, la rendait malade.

Autour, le parc Lafontaine devenait vaporeux,
fuyant, étranger. Sans voir, Béatrice regardait cette fine
brume, tremblante au-dessus de la vasque, et ce ciel
vivant, en haut, émouvant de ridicule. Filer avec les
nuages, loin, là-bas, tout autour de la terre, et oublier
jusqu'à l'existence d'Éthel, cette drôle de petite forme
qui courbait maintenant les épaules vers le sol.

Soudain, Éthel se retourna. Elle avait les yeux ra-
vagés par une douleur qui la dépassait.

— Pourquoi me laisses-tu toujours? Pourquoi
pars-tu tout le temps... hein, Béatrice?

En une seconde d'extase, mon instinct de conser-
vation bascula de moi à elle. Elle, Éthel, ne devait
surtout pas souffrir. Je la pris par le cou, par la taille,
l'embrassai dans le cou, sur les doigts.

— Ce n'est pas ma faute à moi! Je veux toujours
rester avec toi. Mais que veux-tu que nous fassions?

— Toi... tu peux tout, me répondit-elle, avec une
dureté d'enfant enjôleur.

— Uniquement si toi tu veux, Éthel. Uniquement.

Nous nous sommes assises, serrées l'une contre l'autre, sur un banc. Et Éthel me parla longuement, tendrement, tristement, de cet été vide d'où j'étais absente, de cette nuit et de ce jour à venir où, une fois de plus, je ne serais pas. Les lumières du couchant tombaient maintenant sur l'eau verdâtre et boueuse du bassin, lui ravissant sa morne teinte, la teignant d'un noir uniforme.

— Regarde, regarde, Béatrice, c'est elle!

Entre le lit encombré de vêtements, ma valise ouverte et la chaise de bois où une pyramide de livres se disputaient l'espace, Léa se frayait un passage. Excitée, elle gesticulait, tout en contournant prudemment les objets qui encombraient ma cellule.

— Tu m'écoutes, non? C'est elle!, me souffla-t-elle, tout en me poussant du coude.

— Qui, elle?

— Ben! sœur Marie-Édith! notre titulaire!

Dans la principale allée du dortoir, une maigre et jeune solitude en robe noire, s'avançait en silence. Pâle comme une neige à peine tombée, sœur Marie-Édith passa. Calmement, je fermai les yeux. En un instant, j'entrevis la longue année que j'avais à parcourir et qui, une fois terminée, irait, comme sœur Marie-Édith venait de le faire, se perdre derrière des rideaux blancs.

SA VOIX vibre à des hauteurs différentes et elle module des séductions variables, selon qu'il se laisse choir sur son fauteuil, la tête inclinée dramatiquement vers le pupitre, ou qu'il arpente, fébrilement, de long en large la tribune. Et tous les regards le suivent, le fixent, le convoitent quand, absorbé par une pensée, il se retourne et que, de dos, il nous offre son corps désarmé derrière la longue soutane brune. Sur ma chaise, plantée systématiquement avec celle des autres dans la salle de cours, je me tortille, marmonne entre les dents, baye aux corneilles. Je suis à l'envers et sur l'oblique, refusant continuellement de penser, pour ne pas me frapper contre cette irritante réalité que, depuis deux jours, l'on m'impose. J'aimerais bien qu'on m'explique ce que je fais dans cette pièce, à ainsi lutter contre la somme des secondes qui s'accumulent, sans qu'elles ne me livrent leur sens. Tout ça, à cause de ce prédicateur beau et fou, en avant, qui, à tous propos, lève les bras et les yeux au ciel. Mine de rien, je suis devenue une grande oreille muette dans laquelle il entasse pêle-mêle les fureurs de la chair, les douceurs de l'absolution, et la valeur hiérarchique des vocations. Malheur! Mal de l'heure qui n'en finit pas! Cette retraite me semble interminable, comme un arbre peut l'être pour une fourmi.

Je tente bien de m'évader par la fenêtre. Mais la rencontre avec cet impuissant soleil de décembre, sta-

gnant sur un ciel inerte, me ramène infailliblement dans
la salle de cours. Chaque retour dans cette pièce-
caméléon, augmente mon exaspération. Car une fois
de plus, cette salle s'est pliée aux circonstances du
moment, et, depuis hier, elle s'est composée un visage
austère qui devrait nous inciter au recueillement. Mais
certains détails négligés avouent la supercherie. Malgré
ses grands airs sévères, elle reste une pièce-à-tout-faire
où, pas plus tard qu'avant-hier, nous prenions notre
récréation.

Je me croise les bras, me mords l'intérieur de la
joue et me penche enfin en avant pour chercher du
regard Éthel qui est assise dans la même rangée que
moi, mais de l'autre côté de l'allée principale. Comme
si de rien n'était, Éthel joue avec ses mains, entièrement concentrée sur les diverses figures qu'elle fait naître en nouant différemment ses doigts entre eux. Pour
attirer son attention, je toussotte légèrement. En soupirant, je m'adosse à nouveau contre ma chaise dure,
car c'est le triste regard désapprobateur de sœur
Marie-Édith, que j'ai rencontré au bout de l'allée. Il n'y
a rien à faire! Prisonnière, je suis prisonnière de cette
pièce-menteuse où la lumière morte d'une fin d'après-
midi, en décembre, décompose les visages et les sons.
Je suis une robe de serge marine oubliée là, depuis
deux jours, sur une chaise, parmi toutes ces robes
immobiles, serrées les unes sur les autres, compressées
les unes en arrière des autres.

Assise à côté de moi, Pauline, la bouche entrouverte et l'œil huileux, vogue sur des mers mystiques.
Entièrement abandonnée, aveugle, elle va où veut bien
la conduire ce séduisant prédicateur. Pauline, «celle
qu'on ne voit pas», Pauline, «la sans particularité»,

s'est métamorphosée, sous mes yeux, en l'une de ces saintes comme l'on en voit sur les images. Une lueur d'extase s'est allumée tout d'un coup au fond de ses prunelles, et le bout de ses pommettes s'est subitement peint en rose. Je n'ai qu'à suivre les différentes colorations qui se succèdent sur son visage, pour deviner le sujet du sermon. Rapidement je me détourne de Pauline, car, à trop la regarder, une irrésistible envie de la pincer s'empare brusquement de moi.

Mais quelle étrange idée aussi ont eue les religieuses d'introduire sur leur territoire ce grand franciscain barbu! Nous n'avions expérimenté jusqu'à maintenant que des prédicateurs ternes et usés, qui nous berçaient durant trois jours sur une rengaine connue, et puis qui disparaissaient sans laisser de traces. Et voilà que sans crier gare, on nous donne, pour cette retraite de Noël, un illuminé qui avance, pieds nus dans ses sandales, et qui pose sur nous des yeux de velours, cernés de drames intérieurs.

Et des plus jeunes élèves d'Éléments Latins, installées à l'avant de la salle, jusqu'aux plus âgées de Versification, assises à l'arrière, pas une d'entre nous ne semble échapper au courant de séduction qui émane de cet étrange prédicateur. Même la douce sœur Marie-Édith vient de baisser pudiquement les yeux, lorsqu'elle a réalisé que ce bon pasteur descendait de son piédestal et marchait vers nous. Fendant son troupeau en deux, il s'avance dans l'allée principale, nimbé des mystères d'un silence sous contrôle. Tiens, le voici qui, sans raison apparente, s'arrête devant notre bienheureuse rangée. Après nous avoir regardé pathétiquement les unes après les autres, il lance d'un ton inspiré:

— Qu'est-ce que la grâce? Qui peut me dire pourquoi, Dieu l'envoie... et la retire?

Pas une d'entre nous ne répondra, c'est certain, évident! Après un temps de pause bien dosé, il poursuit son soliloque, non sans avoir varié le timbre de sa voix, s'offrant ainsi l'illusion qu'un autre a répliqué à sa place. Léa et Claudette, assises en avant de moi, n'ont pu retenir un petit fou rire écervelé lorsque, passant à côté d'elles, il est remonté vers sa tribune. Éthel, elle, n'a pas bronché et, durant toute cette scène, elle a contemplé le bout de ses souliers, comme si l'univers débutait et finissait à ses pieds. Moi, je rage sur ma chaise, et mes nerfs s'entrechoquent contre les barreaux, annonçant une fête morbide. J'ai l'âme à vif, et chacune des paroles, des gestes de ce prédicateur, me durcit extérieurement, me chavire intérieurement. Et Éthel qui se dissimule derrière ce paravent d'indifférence! Depuis hier matin, neuf heures, que ce franciscain est entré dans le couvent et qu'il s'approprie graduellement, non seulement le temps et l'espace, mais le cœur du couvent. Et personne n'intervient pour le restreindre!

À midi, après le repas, malgré la loi du silence qui plane sur cette retraite, je suis allée, en cachette, attendre Éthel au vestiaire des externes. À petits pas distraits, Éthel revenait de chez elle, et, derrière la vitre de la porte, je la regardais s'avancer, solitaire, sous ce ciel immobile. Quand, relevant enfin la tête sur ce qui l'entourait, Éthel m'aperçut, la partie de son visage visible entre son foulard enroulé et son bonnet enfoncé, s'illumina de joie, joie aussitôt dissipée par l'inquiétude.

— Qu'est-ce que tu fais ici? Tu n'as pas le droit! me souffla-t-elle, dès qu'elle fut entrée au vestiaire.

— Je sais. Mais je voulais te voir.

Et sans transition, je me mis à maudire cette retraite qui nous empêchait de nous parler.

— Et il fallait qu'en plus, on nous envoie ce curé de malheur!

— Qu'est-ce qu'il a ce prédicateur? demanda innocemment Éthel, tout en continuant de dérouler son grand foulard gris.

Refroidie par cette réponse inattendue, je restai muette de surprise. Ce franciscain ne pouvait laisser Éthel, indifférente à ce point-là! C'était impossible! Incrédule, je la regardais déboutonner tranquillement sa canadienne, cherchant à discerner, sous ces gestes impassibles, les limites de son détachement.

— Mais qu'est-ce que vous lui trouvez, toutes, de particulier à ce prêtre? lança-t-elle, soudain vibrante d'émotions.

Ce prédicateur dérangeait Éthel autant qu'il me dérangeait. J'en avais maintenant la preuve.

— Ce que je lui trouve? Moi? Rien, justement! Et tout! Il prend trop de place! C'est simple!

Mais déjà Éthel se retranchait derrière ce désintéressement qui me désarçonnait.

— Tu n'as qu'à ne pas l'écouter!... comme je fais!, me répondit-elle dignement.

— Mais, je ne peux pas! Il est là! Il existe...

Sœur Marie-Édith qui semble toujours me poursuivre comme une ombre, apparut évidemment juste à ce moment au bout du couloir.

— Vous êtes encore là où vous ne devriez pas
être, Béatrice! Pouvez-vous m'expliquer ce que vous
faites ici?

— Non, lui répondis-je, écrasée soudain par la
double fatalité qui s'abattait sur moi de devoir quitter
Éthel dans cet état d'incompréhension et d'avoir été,
une fois de plus, prise en défaut par ma titulaire. Mi-
attendrie, mi-exaspérée, sœur Marie-Édith m'envoya à
la chapelle pour y méditer. Quand je suis sortie du vestiaire, je vis Éthel qui, immobilisée là où je l'avais laissée, regardait pensivement les tuiles du plancher.

Les ombres de quatre heures envahissaient maintenant la salle de cours, et, sur sa tribune, le beau
franciscain se débattait contre le clair-obscur. Une lumière argentée, ondoyant dans cette pénombre, me fit
soudain tressaillir de joie. Sans douter de la bienfai-
sante vision qui m'était ainsi signalée, je me suis tour-
née vers la fenêtre; dehors, il neigeait! L'impression-
nante immobilité dans laquelle la nature s'était tenue
toute la journée, venait enfin de s'effondrer. Paisiblement, patiemment, le ciel se vidait. D'énormes flocons,
semblables à de légers corps blancs venus d'ailleurs,
échouaient en souplesse sur la terre. Un moment sans
temps, je contemplai ces cristaux impeccables, tombant
mollement sur le sol comme des écailles du dos d'un
poisson. Désirant tout à coup voir le visage d'Éthel
sous cette lumière des neiges, je me suis retournée
vers elle. Son regard m'avait devancée et il était gravement posé sur moi, peut-être depuis de longues mi-

nutes. Le rempart d'indifférence derrière lequel elle se maintenait, s'était évanoui, et c'est une Éthel envahie par la détresse qui me fixait. Ce prédicateur l'attirait, l'agaçait, tout autant que moi, et elle me laissait, sans détour, constater son désarroi. Aussitôt, je détournai la tête et je me mis à observer la neige qui, de l'autre côté, hésitait maintenant entre le solide et le liquide.

Soudain, sans réfléchir, je me suis levée de ma chaise et je me suis faufilée, sans hâte, entre les genoux de mes compagnes qui se contorsionnaient pour me laisser partir. Je n'avais vraiment plus rien à faire dans cette pièce bourrée d'éther; j'en avais désormais la sereine conviction. Sans jeter un regard à Éthel, j'empruntai l'allée principale, et j'avançai calmement vers le franciscain qui s'était tu et qui, devenu enfin spectateur, me regarda, interrogatif, passer devant lui. Mes gros souliers bruns résonnaient exagérément contre le plancher de bois franc si bien poli: c'est donc sur la pointe des pieds que je suis sortie, pour ne pas troubler ce silence presque parfait.

Adossée contre le mur qui faisait face à la porte close de la salle de cours, j'attendais maintenant, qu'à son tour, Éthel s'évade de cette pièce. Autour de moi, les corridors désertés du couvent, s'étiraient, se perdaient graduellement dans l'obscurité, et se refermaient, tout au fond, sur un secret. Une odeur inconnue, subtile et persistante, rôdait autour de moi. Soudain, il me sembla entendre un souffle profond et régulier qui s'élevait à mes côtés. Redressée, je cherchai à

comprendre d'où pouvait bien provenir cette respiration, puisqu'il n'y avait que moi dans le couloir. Et tout
à coup, je m'aperçus que c'était le couvent tout entier
qui inhalait et expirait ainsi paisiblement. Pour la première fois, je réalisais que cet immense corps de pierre
bougeait jusque dans ses fondations et qu'il menait une
vie propre, parallèle à celle des humains qui l'habitaient.
Perplexe, je fixai la porte de la salle de cours qui s'obs-
tinait à rester fermée. Éthel ne viendrait pas me retrouver... je le savais si bien! Jamais, elle n'oserait quitter sa chaise, du moins en apparence! Je fis quelques
pas hésitants d'un mur à l'autre. Puis, excitée par cette
présence qui m'appelait en soupirant patiemment,
j'empruntai, seule, le corridor obscur et interminable
qui menait au parloir.

ÉTHEL glissa sa main gelée dans la mienne qui, brûlante, se referma sur la sienne. Pesamment, le groupe d'élèves traversa la rue principale et emprunta le trottoir enneigé qui menait à l'église. Le sol se lamentait, craquait sous nos pieds, et à chaque pas que nous faisions, je craignais que la terre ne fende en deux. Une agréable tiédeur s'installait entre la paume froide d'Éthel et la mienne, bouillante de fièvre. À l'horizon, les têtes des arbres creusaient leurs entailles sombres dans un ciel uniformément bleu, et un soleil aveuglant éclatait dans cette dure lumière. Haussée sur la pointe des pieds pour être bien entendue jusqu'au dernier rang, la directrice nous ordonna de presser le pas. Le groupe accéléra, enveloppé par le tourbillon blanchâtre de nos haleines épaissies par le froid. Éthel retira alors sa main de la mienne et elle cacha son poing dans la poche de sa canadienne. Je lui tendis mes gants mais, distraite, elle les refusa. En ondulant jusqu'à ce que l'inertie rejoigne le bout de la file, le groupe se parqua enfin sur le parvis de l'église. Une paix minérale plombait, troublée momentanément par la plainte des arbres que le vent torturait quand il s'élevait. Figées dans ce silence lunaire, nous attendions l'arrivée du convoi.

Écrasant lentement la neige sous son poids, la longue voiture noire apparut tout à coup au bout du village. S'animant à regret, le groupe reforma une ligne unique et pénétra, accablé de respect, à l'intérieur de l'église. La directrice nous désigna alors les places qui étaient réservées aux élèves du couvent, et je m'assis gauchement dans un banc, Éthel à mes côtés. Éthel se blottit contre moi et elle laissa lourdement tomber sa tête sur mon épaule. Par les hauts vitraux, le soleil s'engouffrait, découpant l'église en larges tranches d'ombre et de lumière.Sœur Marie-Édith, les yeux gonflés, toucha délicatement le bras d'Éthel et lui murmura quelque chose à l'oreille. Mais, lointaine, Éthel ne tenta même pas de donner l'illusion qu'elle écoutait. Dès que sœur Marie-Édith eut tourné le dos, elle replaça sa tête sur mon épaule et se mit à pleurer doucement.

Je me demandais d'où Éthel tirait ces larmes graves, riches de sens, car moi, je ne vivais plus que par le regard. J'étais devenue un œil immense, détaché de l'âme de l'univers, et je roulais sur les choses comme une planète dérivant sans attache dans l'espace. Je ne ressentais plus rien. Je ne subsistais que par un iris démesuré, une pupille avare, qui ramassait sans raison tout ce qu'elle voyait. Et j'attendais, j'attendais sur le qui-vive qu'une lueur intelligible émerge de cette réalité et me ramène dans le temps.

Brutalement, le calme de l'église fut repoussé par un accord puissant, échappé de l'orgue. Au même moment, le cercueil fit son entrée dans l'église, suivi de près par une grosse femme inconsolable qu'un homme gigantesque tenait par la main. Quatre jeunes garçons éberlués, en costumes noirs et fripés, traînaient dans leur sillage. Du jubé, la voix de soprano de sœur Marie-Édith s'éleva et, enveloppante, accompagna le cercueil dans sa lente marche vers l'avant de l'église. Éthel se redressa et elle toisa le cercueil que l'on venait d'abandonner près de la balustrade.

— Où est Pauline? murmura Éthel.

Oui, c'était cela qui était le plus inquiétant. Pauline était ici, et pourtant elle n'était plus là. Une Pauline tout aussi présente que si elle eût encore été de chair et de sang planait autour du cercueil, rôdait entre les bancs, se glissait à mes côtés, s'installait timidement contre la grosse femme qui ne cessait de sangloter. Pauline était partout en même temps, et pourtant elle n'était nulle part réellement. Elle semblait traverser à sa guise la belle tombe de cèdre rose, s'en détacher, et la réinté- grer à volonté. Pauline ne tenait plus dans un lieu pré- cis et elle les occupait tous en même temps. Des Pauli- nes invisibles, en robe blanche ou en costume de cou- ventine, traînaient dans les allées de l'église, et se mê- laient aux fidèles venus assister à l'enterrement de Pau- line.

Noire et lumineuse, la messe des morts débuta. Éclairés par derrière, les saints fixés dans les verrières posaient sur l'assistance des regards vides et éternels. Loin au-dessus de nous, la voûte de l'église se cour- bait, percée momentanément par un intense rayon de soleil, immédiatement absorbé par les ténèbres envi- ronnantes. Entassés tous ensemble dans les premiers rangs à l'avant du sanctuaire, les fidèles suivaient, ten- dus et absents, la cérémonie des funérailles. Une cha- leur insupportable montait en moi, m'embrouillait la vue. Je sentais que, d'une seconde à l'autre, ce monde fragile et inintelligible allait basculer, sous mes yeux, dans un univers brûlant et transparent.

Des cris hésitants, puis de plus en plus stridents sortirent alors d'un confessionnal. Délaissant le curé avec le sanctus qui débutait, je pivotai en même temps que tous les autres fidèles vers la gauche de l'église.

Précédé par des gémissements désespérés, un chat dé-
charné apparut à ce moment dans le rideau noir du
confessionnal. En courbant l'échine, le chat s'avança
alors prudemment dans l'allée tout en soutenant, avec
insistance, le regard de l'assistance braqué sur lui. Il se
hérissa, soudain figé, sur la pointe des griffes, et
des crachements outrés déchirèrent le silence de
l'église. C'est alors que le curé donna un ordre à un
des servants de messe qui, en titubant dans son
surplis, se précipita vers l'animal. Sans même esquisser
un mouvement de fuite, le chat se laissa aussitôt saisir
par la peau du cou et il se colla sensuellement dans les
bras du garçon où, satisfait, il se tut. Déconcerté, le
servant de messe restait planté dans l'allée, le chat entre les bras, et, perplexe, il dévisageait le curé. D'un
hochement brusque du menton, celui-ci lui désigna la
porte principale de l'église. Observé par toute l'assistance, le jeune garçon courut vers le portail et il jeta,
sur le parvis, le chat qui aussitôt fila dans la neige.
    Un sourire flou errait maintenant sur les lèvres
d'Éthel, et le curé, empesé dans sa chasuble, ne par-
venait plus à reprendre le contrôle du rituel. La marée
de chaleur qui m'avait assaillie se retirait lentement, et
la grosse femme, qui était sûrement la mère de Pauline, avait cessé de pleurer. Elle semblait s'être retirée
dans une chambre secrète d'elle-même, où la douleur
ne pouvait pénétrer. Bercée par la chorale des religieuses, l'assistance attendait désormais sagement la fin
de la messe. Libéré, le souvenir de Pauline devait va-
quer quelque part dans la grandeur de l'hiver.
    À l'ite missa est, un bruissement de manteaux, de
toussotements, de paroles échangées en sourdine, parcourut familièrement l'église. Mais déjà les porteurs

s'avançaient vers le cercueil, s'en emparaient, et, sournoisement, la douleur resurgissait, reprenait la place qui momentanément lui avait été retirée. Éthel se remit à pleurer, et je poussai un profond soupir d'épuisement.

Un silence givré attendait les fidèles à la sortie de l'église. Empruntant, à la suite du cercueil, la rue principale qui menait au cimetière, le cortège se déroulait, sombre et frissonnant, sur une croûte neigeuse qui se brisait comme du verre sous notre passage. Au ralenti, nous traversions un village vide, amoncellement de maisons luttant contre le froid, et où la vie intime s'évanouissait en fumée par les cheminées. Un enfant, le visage monstrueusement collé contre une vitre, regardait passer le convoi. La tête basse, la mère de Pauline accompagnée de sœur Marie-Édith, suivait les quatre garçons et leur père qui emboîtait le pas au curé. Flottant entre ciel et terre, le cercueil, en ondulant, traçait la voie à suivre.

Subitement la mère de Pauline s'arrêta et, saisissant sœur Marie-Édith par le poignet, elle lui désigna du bout du doigt un espace précis et anodin de la rue principale.

— C'est là, vous savez, que c'est arrivé. Le camion a tourné... Pauline a été écrasée... d'un coup sec... juste ici!

La souffrance ravivée remontait par bouffées blanches sur le visage de la mère de Pauline qui sondait, immobilisée, un coin de rue désert. Sœur Marie-

Édith tapota maternellement l'épaule de la femme.

— Elle est maintenant avec Dieu, vous savez!

La mère de Pauline hocha sans conviction la tête. Sa vision du drame sembla cependant s'évanouir, et elle suivit docilement sœur Marie-Édith qui avait glissé son bras sous le sien et qui poursuivait son chemin, entraînant la grosse femme avec elle.

Suivant à pas distraits le cortège, la tête dans le dos, à mon tour, je restai accrochée à ce banal coin de rue. Pauline s'y avançait en chantonnant, et je vis soudain son visage, incrédule et transfiguré, qui disparaissait sous les roues du camion. Des gouttes rouges retombèrent en taches irrégulière sur la neige, et la tempe ouverte de Pauline laissa la vie s'enfuir par un épais et translucide filet de sang. En hurlant de douleur, le conducteur se précipita hors de son véhicule et il se jeta sur le corps inanimé de Pauline.

— Qu'est-ce que tu faisais là?... mais qu'est-ce que tu faisais là!... ne cessait-il de répéter en la secouant brutalement par les épaules. Mais déjà distante, Pauline, les yeux grands ouverts, regardait le monde s'agiter autour d'elle, et sa vie filer en coulant régulièrement vers nulle part.

Éthel me retint par le pan de mon manteau, car le cortège ralentissait. Au loin, dans la rue, Pauline avait disparu. Je n'y distinguais plus que de longues gerbes de neige que le vent rassemblait, et qui retombaient en poudre dès qu'il relâchait son étreinte.

En cahotant, le cercueil s'engagea dans le maigre cimetière du village. Il s'arrêta devant un grand trou brunâtre, péniblement creusé, et déjà encroûté de glace. Autour, des pierres tombales désaccordées se poursuivaient jusque sous un imposant calvaire éten-

dant ses bras nus au-dessus d'une plaine inerte et gla-
ciale. Groupés en demi-cercle autour de la fosse, les
assistants contemplaient la tombe trônant, solitaire,
dans le vide. Le curé entreprit alors un ultime et inutile
dialogue avec le cercueil qui, en geignant, glissait dans
la terre ouverte. La tombe ayant complètement disparu et reposant dorénavant au fond du trou, le prêtre
se tut. Sur l'assistance, s'abattit alors un froid absolu.
Instantanément, il couvrit les champs dénudés s'éten-
dant au-delà du cimetière et il s'élargit jusqu'aux limites
de la terre qui s'inclinait, là-bas, à l'horizon. Le cri de
douleur que lança tout à coup la mère de Pauline fit
sursauter cet univers qui sombrait dans la froidure.
Sœur Marie-Édith se précipita au secours de la femme
et, aidée par l'homme gigantesque, elle l'achemina
vers la sortie du cimetière.

Se dégageant un à un de cette léthargie, les assistants, par petits groupes, s'éloignèrent de la fosse. Je
m'avançai vers le trou et, surplombant le cercueil qui
gisait en bas, j'entrevis le monde que Pauline contem-
plait par en-dessous. C'était un ciel éblouissant, omni-
présent, qui rejoignait sans bouger les entrailles de la
terre. La main d'Éthel effleura la mienne. Relevant la
tête, je vis ses yeux meurtris, ronds comme le mystère,
cherchant les miens. En silence, nous sortîmes côte à
côte du cimetière et allèrent retrouver nos compagnes
qui, éparpillées le long de la grille, attendaient un ordre de la directrice pour reformer des rangs.

Masse de pierre et de vitre, la maison de Pauline émergeait entre d'immenses champs plats, enlisés dans la neige. Intimidé, le groupe d'élèves précédé de sœur Marie-Édith, pénétra directement dans la grande cuisine familiale où la mère de Pauline nous accueillit d'un frêle sourire. Des voisines s'activaient autour d'une table surchargée d'aliments, et une troublante atmosphère de fête régnait dans la pièce.

Ne sachant quelle attitude prendre, toute la classe s'enracina dans un même coin de la cuisine, tache de robes marines et embarrassées au milieu des parents et des connaissances de Pauline qui échangeaient, à voix feutrées, les dernières nouvelles. Voilà que pour la première fois la maison de Pauline nous était ouverte, et que Pauline n'y était même plus pour la protéger de notre curiosité. Un peu à l'écart, la mère de Pauline, inondée de bienfaisants souvenirs, montrait un album de photo à sœur Marie-Édith qui plongeait, attendrie, dans le passé jusqu'alors inconnu de son élève maintenant disparue. Refrénant le plaisir d'avoir préparé un bon repas, les voisines allaient d'un invité à l'autre, offrant gravement à chacun, comme un présent lourd de conséquences, une assiette fumante où s'empilait la nourriture. Éthel regarda, plus tristement que jamais, le plat qu'on lui présentait. Elle fixa la nourriture qui encensait de fumet son visage puis, courageusement, du bout des lèvres, elle avala un morceau de viande.

Le mouvement de la vie, momentanément déréglé, qui retrouvait ainsi son cours aveugle, me donna le vertige. À nouveau, une bouffée de chaleur explosa en moi. Sous mes pieds, le sol s'amollissait, et mon corps trop lourd s'enfonçait progressivement dans ce duvet. Attirée par le tropisme d'une fenêtre, je déposai mon assiette dans la main d'Éthel et j'entrepris, à travers la pièce, entre les convives, une marche épuisante qui me semblait interminable. À tout prix cependant, il fallait que j'atteigne de l'air frais, pour étancher ce sang épais qui me brûlait les veines. Mais le plancher refusait de me porter, et, à chaque pas que je faisais, je m'embourbais dans un liquide de plus en plus vaporeux. Subitement le sol se retira complètement, entraînant avec lui les murs, les gens et le plafond. Dans un espace devenu soudain illimité, une brise transparente au loin s'avançait, et, quand au passage elle me happa, je m'abandonnai à l'ampleur d'un si violent ravissement.

Une fraîche pellicule d'eau glissait de ma tempe à mes lèvres. Un instant, un bref instant, j'eus la claire conscience que j'abandonnais un monde pour revenir dans cet autre qui n'est ni plus laid ni plus vrai, mais souffrant. J'ouvris les yeux et je me heurtai contre le visage inquiet et désapprobateur de sœur Marie-Édith dont la main munie d'un linge mouillé épongeait mon front. Derrière elle, tenant une bassine, la grosse mère de Pauline m'offrit un sourire compatissant. Tout autour, des stores baissés, de gros meubles entassés les uns sur les autres, des murs surchargés de photographies, encerclaient un lit imposant qui encombrait la presque totalité de la pièce. On avait dû profiter de mon évanouissement pour me déposer ainsi sur l'immense lit des parents de Pauline, dans cette chambre close, bouchée par le couvercle bas d'un plafond sombre. Tout était si compressé dans cette pièce, si absurde partout, que la triste rage d'être continuellement tenue à l'écart de la compréhension des choses, se mit à nouveau à tourner en rond dans ma tête. Des poussées de chaleur éclatant un peu partout sur la surface de ma peau, allaient encore une fois m'entraîner vers le fond. Agrippée au montant du lit, en face de moi, je vis alors Éthel. Son regard anxieux qui tentait de me retrouver, s'ouvrait comme une trouée de lumière dans cette chambre fermée, étroite et taciturne. Une montée d'amour déferla en moi. L'impérieux besoin d'habiter mon corps me fit me soulever brusquement dans le lit.

— Je me sens mieux, ma sœur. Vraiment mieux.

Tout en rabattant ses longues manches noires qu'elle avait retroussées jusqu'aux coudes, sœur Marie-Édith se redressa pour mieux m'examiner.

— Je vous trouve encore bien pâle, Béatrice. Restez donc étendue jusqu'à ce que nous repartions pour Montréal. Éthel vous tiendra compagnie. Si ça ne va pas, venez me chercher dans la cuisine.

Par la petite porte coincée entre le mobilier et le plafond, sœur Marie-Édith et la mère de Pauline disparurent de l'autre côté du visible. Furtivement, Éthel s'approcha de moi, et, une fois assise sur le lit, elle laissa sans rien dire ses doigts se perdre dans mes cheveux. Abandonnée à cette caresse distraite, je glissais dans un bien-être, voisin du rêve.

Subitement Éthel interrompit ce geste machinal et, saisissant brutalement ma main, elle se mit à la mordiller de baisers inachevés. Ses yeux chaviraient comme ceux d'un cheval affolé, et tout son corps sombrait vers le mien. Une Éthel lourde, fièvreuse, ivre, s'abattit sur ma poitrine. Sa bouche mouillait mon cou, et ses ongles s'accrochaient cruellement à mes épaules.

— Ne me laisse pas, Béa! Ne me laisse plus ainsi! Ne te sauve plus, Béa... Tu m'as fait tellement peur... tellement!

Comme une noyée, je me laissais entraîner par les étreintes d'Éthel, immergée par des sensations puissantes qui remontaient d'un passé obscur que ma mémoire reconnaissait. Soudain les doigts d'Éthel redevinrent légers, sans violence. Ils parcouraient ma peau en ne sachant plus où se déposer. Tout le délire d'Éthel semblait s'être concentré dans sa veine bleue que je voyais se répandre comme une traînée de transparence sur tout son visage. La bouche trempée d'Éthel sur la mienne, et ma langue qui s'enfonce entre ses lèvres, de plus en plus profondément, sans jamais pourtant pouvoir atteindre cette Éthel diaphane qui s'enfuyait vers l'intérieur à l'instant même où je croyais la saisir.

Dans ma course inexpérimentée à poursuivre Éthel, je touchais toutes les parties de son corps, croyant que c'était derrière l'espace de peau que je tenais qu'elle se dissimulait. Tout à coup mes mains s'arrêtèrent sur un sein, et, bouleversée par la déchirure qu'il avait provoquée dans mon ventre, je me mis à palper cet animal provocant et malléable qui se moulait et qui se hérissait entre mes doigts. Éthel se redressa aussitôt sur le bord du lit et, les yeux fermés, elle se mit à se balancer d'avant en arrière en laissant échapper un gémissement monocorde qui ressemblait à des pleurs d'enfant. Tout autour de nous, la chambre tournait, et, en chancelant, je m'avançais vers l'échappatoire qui s'ouvrait au centre. Sur le mur, en face du lit,

je vis soudain Pauline. En robe blanche de commu-
niante, les mains jointes sur un lys, Pauline nous souriait candidement, protégée par une vitre et un cadre
de bois ovale.

JE REGARDE Éthel qui dort, étendue dans le foin. Elle a les paupières baissées, et une insouciante lumière bleutée flotte autour de son corps qu'elle a laissé en gage de retour allongé près du mien. Un sourire divin se promène sur ses lèvres, et je reste, fascinée, à contempler cet écran lumineux derrière lequel un mystère se joue, à l'abri de ma présence. Je vois bien que l'esprit d'Éthel n'est plus avec moi et qu'il vagabonde en de lointaines prairies qui pour toujours me resteront interdites. Et plus je regarde Éthel, et plus il me semble qu'elle fleurit par l'intérieur. Dire que jamais je n'aurai droit de regard sur ce jardin intime dont elle-même ignore les abysses. Alors je songe à mon père et j'ai soudain de la peine pour nous deux. Depuis la mort de Pauline, rien ne me semble pareil à avant.

Tout à coup, dans son sommeil, Éthel bouge. Autour d'elle, un frisson de brins d'herbe se répand. Il continue encore à onduler, alors qu'à nouveau Éthel s'est apaisée. Elle vient de s'enfoncer un peu plus dans son pays vertical, en me laissant toujours plus loin à la surface. Mais, assise à ses côtés, je surveille son corps par où, tôt ou tard, elle devra resurgir. En attendant qu'elle remonte, j'observe le fleuve qui coule devant moi et sur lequel se tient une barque. Ce grand fleuve comme partout, mais ici plus qu'ailleurs, prend toute la place dans le paysage. Je vois le temps qui glisse sur lui à l'aide d'un soleil rose fléchissant là-bas à l'horizon, et que le Saint-Laurent va avaler, une fois de plus, d'un instant à l'autre. Le jour s'en va, et je sais que je devrais réveiller Éthel. Au camp, les monitrices doivent commencer à s'inquiéter, car voilà plus de deux heures que nous sommes parties pour aller chercher des provisions au village de Sainte-Flavie. Mais je suis incapable de tirer de force Éthel de son rêve; j'attends que le sommeil et Éthel se lassent l'un de l'autre. Et puis j'aime ce fleuve. Il m'amollit, il me soulage, il me confond à sa patience illimitée. Il est si différent du Saint-Laurent, mutilé et huileux, alourdi de navires, qu'avec mon père j'allais voir, le dimanche, au port de Montréal. Le fleuve qui passe ici, est si épineux en roches dressées sur ses rives, si doux en joncs moutonnant contre ses berges, si persévérant dans son échappatoire pour gagner la mer, que j'ai peine à croire que c'est le même que celui que j'entrevoyais entre les barreaux du pont Jacques-Cartier. Des oiseaux auréolés de brume effleurent à tire-d'aile ce fleuve-ci, sans qu'il ne se laisse pour autant distraire de sa destination.

Voilà Éthel qui s'enroule sur elle-même, les mains entre les cuisses, et qui se colle contre moi pour garder sa chaleur. Elle s'engage encore plus profondément dans le sommeil, même si sa peau vient de lui rappeler, là où elle est, qu'ici, la fraîcheur du soir commence à se répandre.

Jadis, cette heure était la nôtre à mon père et à moi. Je m'approchais alors de lui pour qu'il me raconte des histoires ou pour qu'il m'écoute parler. Mais il y avait surtout un jeu, une sorte de cérémonial, qu'inlassablement je traînais depuis l'enfance, et que je réclamais, certains soirs, à mon père.

— Papa, fais-moi le dromadaire!

Même si mon père avait entendu des centaines de fois cette requête, il abandonnait son journal et il ressortait du meuble-aux-secrets, la pâte à modeler. Immédiatement il se mettait à l'œuvre. Entre ses doigts habiles, la bête à la bouche molle et aux jambes exagérées prenait rapidement forme. Il déposait alors devant moi un petit dromadaire glaiseux qui se tenait tout droit et tout seul sur la table. Sans jamais le toucher, j'inspectais sous toutes ses coutures cet animal miniature dont le regard vidé semblait se hausser au-dessus de mes observations. Malgré mon examen minutieux, je ne parvenais jamais à trouver «la» faille qui me livrerait le secret du dromadaire. Je ne protestais donc pas quand mon père reprenait l'animal et qu'il l'écrasait avant de former une autre bête.

Dans la pâte à modeler, un loup venait alors prendre la place du dromadaire, presque aussitôt suivi d'un chat ou d'un hibou. Mais, invariablement, et c'était là l'entente tacite entre mon père et moi pour clore le rituel, je redemandais le dromadaire à la fin de la séance. C'était d'ailleurs le seul que je réclamais. Les autres figures n'étaient que caprices du moment, plaisirs interchangeables, qui dépendaient du bon vouloir de mon père. Pour moi, il n'y avait que le dromadaire qui comptait. J'acceptais les différents animaux de ce jeu, uniquement parce qu'ils donnaient un poids inestimable au dromadaire qui clôturait la cérémonie. Le dromadaire formé par mon père au début de la soirée, avait sûrement pris sa forme dans les vestiges du dromadaire de la dernière séance; déjà cela me semblait inconcevable. Mais comble de l'invraisemblance, le dromadaire qui venait à la fin, lui, naissait du chat qui l'avait précédé, du loup qui avait lui-même engendré le

chat, du hibou d'où le loup était sorti. Incrédule, je regardais ce dromadaire qui, encore une fois, venait de
resurgir des doigts de mon père, et qui se tenait, majes-
tueux et minuscule, devant moi, exactement comme
l'avait fait celui du début du jeu. Un dernier moment la
folle bosse de l'animal ballottait, puis la main de mon
père se refermait sur le dromadaire qui s'évanouissait
en silence dans l'obscurité de son poing. Le cérémonial
venait de se terminer, et mon père allait redéposer la
pâte à modeler dans le meuble. Assaillie par le mystère
qui s'épaississait d'une séance à l'autre, je me retirais
dans ma chambre, épuisée. Dans cette pâte informe
reposant maintenant au fond du tiroir, où donc le dromadaire se cachait-il? Était-ce le même dromadaire qui
renaissait sans cesse de son ancienne forme, ou était-ce
des centaines de frères-dromadaires qui défilaient, les
uns après les autres, dans la pâte? Et comment le
dromadaire s'y était-il pris pour retrouver son apparence dans les contours du chat qui était venu avant
lui?

Plusieurs soirées pouvaient s'écouler avant que je
ne refasse ma demande à mon père. Mais, immanquablement, je revenais vers lui, portée par l'espoir qu'il
me transmettrait dans un moment magique le secret
des métamorphoses du dromadaire. Depuis la mort de
Pauline, plus jamais je ne réclame le dromadaire à
mon père.

En dormant, Éthel vient de balbutier mon nom, et
un mince filet de salive glisse de sa bouche entrouverte. Je délaisse le fleuve, mon père, et je me penche
vers le visage d'Éthel. Je suis aux confins de l'indifférence et du charme. Je peux encore regarder sans
souffrir sa peau légèrement hâlée, rosie par le soleil

qui s'enfonce dans le fleuve. Éthel semble si vulnérable, enroulée ainsi dans sa propre transparence, enveloppée par la lumière du jour qui s'intensifie avant de disparaître. Mais j'ai peur de poursuivre, de contempler son épaule saillante, l'ombre enfouie sous les aisselles, les détours de la hanche et des fesses. Tout cela n'est pas à moi. Je dois continuellement me le rappeler. Malgré moi, je m'incline cependant plus encore vers elle, et l'odeur d'Éthel, unique, indescriptible, m'envahit. Je suis subitement assaillie par l'âme d'Éthel qui m'entre par les narines et qui se promène partout dans mon corps. Je frémis sous la violence de ce choc de me sentir soudain habitée par quelqu'un d'autre que moi. C'est Éthel tout entière que je viens de saisir par son odeur et qui se venge en me dépossédant. J'ai envie de m'enfuir ou de réveiller Éthel pour qu'elle me défende contre elle-même. Mais, de toutes mes forces, je repousse l'envahissement en m'approchant encore plus près de son visage.

Je le vois alors se déformer, se contracter, se durcir. Il me semble vivre l'effort que fait Éthel pour se dégager ainsi de la mare du sommeil. D'aussi loin qu'elle est, Éthel doit réaliser que le brun du soir se lève là-bas, et que d'un moment à l'autre il confondra tout avec lui. Une étrange chose doit l'avertir que nous devons rentrer au camp, car l'inquiétude et la colère des monitrices augmentent au même rythme que la nuit qui avance. Mais l'assoupissement resserre son étreinte, et les muscles du visage d'Éthel, hésitent, se calment, puis s'affaissent. Éthel vient de couler à nouveau dans le songe.

Alentour de moi, par fragments, le paysage s'éteint ici et là. De larges morceaux de la nature se détachent de l'ensemble et s'enfoncent subitement dans les ténèbres. Et tout à coup, je réalise que j'ai été moi aussi effacée par la nuit. Je ne vois plus rien, sauf cette noirceur derrière laquelle le fleuve se dissimule. Car je sais qu'il est encore là ce grand fleuve, à cause du bruit ininterrompu qu'il répand autour de lui en s'échappant vers la mer.

Assise, la tête contre les genoux, je veille maintenant le corps invisible d'Éthel, avec l'étonnante certitude qu'il est toujours à mes côtés. Dans la pénombre, voilà l'image de mon père qui se reforme et qui s'avance vers moi.

Mon père s'était alors approché, et il avait mis la main sur mon épaule:

— Comme ça, tu ne viens pas à la mer avec nous cette année!

— Non, lui avais-je répondu en me détachant de lui.

À l'intérieur du pan de lumière qui entrait par la fenêtre du salon, je distinguais nettement les particules de poussière se tenant, en suspension, dans l'air. Elles glissaient ensuite obliquement vers le plancher poli, et là, elles s'accumulaient en fines couches grisâtres, presque imperceptibles. Cette vision me sembla si inattendue, si fatale, que je détournai aussitôt la tête de la fenêtre. Mais mon père ne parlait plus: il restait immobile, en face de moi, à regarder sans les voir toutes ces poussières qui s'amassaient autour de nous. Nous ne savions plus, lui et moi, par quel côté nous aborder,

tant les passerelles pour nous rejoindre étaient devenues fragiles. Alors nous restions ainsi, chacun sur son
île, debout l'un devant l'autre, dans le salon que le silence envahissait en prenant progressivement des pro-
portions insoutenables. L'irréparable s'étendait de plus
en plus large entre mon père et moi. Toujours sans
bouger, mon père a alors regardé au loin, au-dessus
de ma tête, sans me voir au passage.

— Et que feras-tu durant tes vacances?

— Je veux aller dans un camp d'été. Avec Éthel.

— Toujours Éthel, a-t-il dit d'une voix inhabitée.

— Oui, toujours, lui ai-je répliqué avec la même
transparence de ton.

— Tu feras ce que tu veux, Béatrice, a-t-il répondu en sortant tranquillement du salon.

— Tu dois savoir ce que tu fais... ai-je entendu,
alors que mon père n'était même plus là.

Je suis restée seule, déposée au centre du salon,
attirée à nouveau par les grains de poussière qui
continuaient à se bousculer dans la lumière. Je ne
pouvais plus maintenant détacher le regard de ce petit
monde qui m'était jusqu'à ce jour demeuré invisible et
qui avait dû, depuis toujours, peupler l'air sans que je
ne m'en rende compte. Et je me demandais si mon
père savait cela.

À côté de moi, Éthel sursauta. Effrayée, elle se redressa tout en tendant le bras pour me toucher.

— Tu es là, Béa?

— Bien sûr que je suis là. Tu savais bien que je

t'attendrais.

À tâtons, Éthel attrapait son linge éparpillé dans le noir. Debout devant moi, je distinguais une forme agitée qui s'épaississait de vêtements aussi sombres que la silhouette qui les recevait.

— Nous sommes en retard! Pourquoi m'as-tu laissée dormir?

J'entendis le bruit des souliers d'Éthel qui froissaient le foin en s'éloignant, puis les pas se turent.

— Te souviens-tu du chemin, Béa?

Une voix inquiète, sans visage et sans corps, venait de sortir de l'opacité d'un espace ouvert sur partout. Un soupir angoissé, tout seul dans la nuit, talonnait ces paroles. Éthel fit encore quelques pas hésitants que les frottements du foin propagèrent jusqu'à moi, puis elle s'arrêta de nouveau. On n'entendait plus que le bourdonnement du fleuve qui continuait à s'enfuir dans l'ombre.

— Il est où le chemin?... tu le sais?

La voix d'Éthel, plus incertaine, plus diffuse, venait encore une fois de franchir l'obscurité dressée entre nous. Et subitement j'eus très peur qu'à nouveau Éthel s'éloigne. J'étais convaincue que si elle faisait un pas de plus vers les ténèbres, elle échapperait à l'orbite qui nous reliait l'une à l'autre. Elle serait alors emportée par la débâcle des espaces noirs, et nous serions condamnées à nous chercher désespérément dans l'immensité d'un cosmos indifférent. Jamais, nous ne nous retrouverions dans toute cette démesure puisque nous ne pouvions même pas nous voir alors que nous étions presque collées l'une sur l'autre. Il me sembla crier violemment son nom pour la retenir. Mais c'est une voix blessée, à peine audible, qui tomba dans la nuit.

— Éthel?

Éthel ne bougea pas, peut-être ne m'avait-elle même pas entendue; mais le danger s'immobilisa au-dessus de nos têtes. Il restait là, momentanément suspendu, ne sachant plus s'il devait s'abattre sur nous ou se retirer.

— Attends! Attends-moi, Éthel! On va le retrouver notre chemin!

Alors la fatalité chavira, s'éloigna. Précédée par le chuintement des foins, Éthel revenait dans ma direction tandis que je marchais vers elle, à l'aveuglette.

C'ÉTAIT une maussade journée de décembre, grise et sans neige, qui se couchait alors qu'elle venait à peine de se lever. Impossible de se repérer. Toutes les heures du jour étaient permises, et aucune n'était certaine, avec cette grisaille répandue aussi bien dans la rue que dans le ciel. Sous ce soleil presque effacé, pâle comme une lumière qui menace de s'éteindre, Béatrice entra dans le parc Lafontaine. Les mains dans les poches, elle fixait ce petit soleil qui n'était même plus rond, tout bosselé dans ses nuages, déjà prêt à s'évanouir. Elle avait le goût d'étendre le bras, de le cueillir, de le cacher sous son manteau pour le réchauffer. D'avoir une envie aussi inutile la fit soudain sourire malgré sa tristesse. Et tranquillement elle continua de s'engager dans cette partie du parc qui formait comme une forêt souhaitée, une forêt ordonnée et logique, une forêt improbable dont tous les caprices auraient été éliminés.

Cela faisait des années que Béatrice n'était pas revenue au parc Lafontaine, et aussitôt elle constata que plusieurs arbres n'y étaient plus. À ras de terre, elle les retrouvait, les multiples cercles de leurs veines maintenant étalées au grand jour.

— Je ne croyais pas qu'ils en avaient coupés autant... se dit-elle, étonnée, en s'arrêtant pour évaluer toutes ces souches qui gisaient çà et là à la surface du parc. Au loin, elle remarqua alors un arbre que, malgré sa hauteur et sa vigueur nouvelle, elle reconnut immé-

tement. Délaissant le sentier, elle se dirigea aussitôt
vers lui. À chaque pas qui la rapprochait de l'arbre,
elle écrasait avec un étrange plaisir un sol bourbeux,
élastique et sensible, que la gelée n'avait pas encore
figé.

Dès qu'elle fut à côté de l'arbre, spontanément,
elle se mit à rechercher le numéro qui était dissimulé
dans un des replis de l'écorce. Elle se souvenait si bien
tout à coup de cette manie qu'elle avait autrefois, et qui
datait de ce samedi où, tout à fait par hasard, elle avait
découvert un chiffre entaillé dans son érable. Bouleversée, elle était allée d'un tronc à l'autre, pour enfin se
rendre compte que tous les arbres du parc Lafontaine
étaient également numérotés. Chacun portait un nombre indélébile, entré de force dans l'écorce, et qui vieil-
lissait avec l'arbre. C'était incroyable, mais elle n'avait
jamais remarqué jusqu'à ce jour qu'ils étaient tous chif-
frés. Elle se rappelait comme elle avait alors couru vers
son père pour lui révéler l'atroce chose qui se passait
au parc. Son père le savait déjà. En essuyant ses larmes, il lui avait dit que c'était là un moyen pour ne pas
perdre, et surtout pour ne pas confondre entre eux,
les arbres de Montréal.

À vrai dire, elle n'avait pas tellement cru à la valeur de cette justification, puisqu'elle, Béatrice, n'avait
jamais eu besoin de numéros pour distinguer un arbre
d'un autre. Chose étrange cependant, cette explication
insensée avait adouci sa peine. C'était déjà un baume
de pouvoir supposer qu'il y avait peut-être une raison,
si absurde soit-elle, de marquer pour toujours des
arbres immobiles.

— Et maintenant mon père n'est plus là... Il ne
sera plus jamais avec toi, se confia-t-elle, en s'éloignant

lentement de l'arbre. C'était si récent qu'elle avait encore de la difficulté à réaliser l'étendue de cette évidence.

Tout en continuant de s'enfoncer doucement dans le parc, elle ne pouvait s'empêcher de songer à quel point toutes les grandes douleurs se ressemblent. Elles sont tellement semblables les unes aux autres, pensat-elle, en cherchant le soleil dans le gris du ciel, qu'une douleur nouvelle fait immanquablement resurgir ces vieilles souffrances qu'on croyait pourtant complètement anéanties. Comme si nos peines ne mouraient jamais vraiment, et qu'elles s'enfilaient pour former un tout qui refaisait surface au moindre drame.

— Je pense vivre une douleur isolée... liée à un événement bien particulier, se disait-elle, en regardant un soleil blanc, à peine perceptible dans la couche ferreuse qui l'environnait.

— Et pourtant!... n'est-ce pas plutôt la somme de mes souffrances qui m'accable tout d'un coup?...

Elle dévisageait encore le soleil, boursouflé et blême, qui se laissait docilement absorber par l'épaisse brume de nuages et qui, soudain, disparut entièrement du ciel. Elle baissa la tête et elle traversa la rue qui menait à ce qu'autrefois elle appelait la partie-jardin du parc.

Tristement, elle posait les pieds sur tous ces gris que l'hiver n'avait pas cru bon de dissimuler cette année, et qui étaient restés à vif, sans la moindre petite croûte de neige. De loin, elle distingua immédiatement le pavillon surplombant le bassin. Anxieusement, elle chercha s'il était toujours derrière. Elle crut discerner une cime enchevêtrée, complètement nue, qui rayait de noir la monotonie du ciel. Mais aussitôt, elle dut fermer les yeux.

Le souvenir venait de s'emparer si brutalement de tout son être, qu'il lui donnait le vertige en la ramenant d'un seul bond, loin en arrière. Sans transition, elle était redevenue cette jeune Béatrice de seize ans qui traversait comme une flèche le parc Lafontaine, et qui ne voulait surtout pas s'arrêter pour reprendre haleine. Poursuivie par un soleil torride, elle avait couru de chez elle jusqu'ici, voulant confirmer au plus vite ce qu'elle avait appréhendé au téléphone. Cette jeune fille essoufflée, toute rouge, qui fonçait vers le pavillon et qui à toute vitesse passa, affola la Béatrice de maintenant. En se tenant le cœur, elle ouvrit très grand les yeux pour échapper à la destination de cette course.

En face d'elle, les bancs verts entassés dans un tas sur le gazon brunâtre la surprirent, puis la calmèrent. Ainsi empilés les uns sur les autres, ils attendaient placidement la fin de l'hiver.

— Que je suis bête... Ça se passait en été!

Mais, durant un moment, ce souvenir avait semblé si vrai, si bien incarné dans le présent, que Béatrice restait égarée, à mi-chemin entre les réalités du passé et celles de maintenant.

Elle remarqua alors que le grand orme près de la clôture n'était plus à sa place. Lui aussi avait été rasé. Et puis, ces arbrisseaux encerclés par leur tuteur qu'elle voyait autour de la mare-aux-canards, ne lui disaient rien. Jadis il n'y avait pas d'arbres à cet endroit. Ici comme ailleurs, le temps s'était donc écoulé, et la jeune Béatrice de seize ans, depuis longtemps, avait dû filer avec lui.

— C'est incroyable! J'ai déjà trente-huit ans... trente-huit ans..., prononça-t-elle à haute voix, s'accrochant à la certitude de ce qu'elle s'entendait dire pour s'enraciner dans le présent.

Épuisée par l'intensité de l'émotion qui l'avait assaillie, et qui s'en retournait maintenant sagement vers les profondeurs, Béatrice alla s'adosser contre l'amas de bancs verts. Elle sortit une cigarette, et la grisaille du parc fut momentanément trouée par le point rouge et vivant de l'allumette.

Toute cette époque de ses seize ans lui était revenue, en bloc, à l'esprit. Elle retrouvait, jusque dans les moindres détails, les jalons qui entouraient le drame de son adolescence.

— Cet été-là, j'avais été dans un camp de vacances se remémorait-elle clairement, en trouvant de dos l'endroit le plus confortable entre les pattes surélevées d'un banc vert. Le village, les monitrices qui, elle le réalisait maintenant, étaient à peine plus vieilles qu'elle. Et puis le fleuve. Surtout le fleuve. Ce fleuve aimé qui avait le goût de la mer, mais qui avançait comme une rivière.

Sa mémoire avait été touchée à un endroit précis, et elle s'ouvrait comme un coffre déverrouillé dans lequel Béatrice pouvait puiser ce qu'elle voulait. En y réfléchissant, Béatrice devait s'avouer qu'elle s'était toujours souvenue de cette époque. Cela lui avait fait trop mal pour qu'elle ait pu oublier. Mais elle avait continué de vivre depuis ce temps-là, elle s'était promenée autour du monde, et elle était soudain surprise de constater que tout ce bagage l'avait suivie, intact au fond d'elle-même, où qu'elle soit allée et quoi qu'elle ait fait.

Elle se redressa pour éteindre le mégot qui lui brûlait les doigts et, sans même s'en rendre compte, elle poursuivit sa marche à travers le parc. Ses souvenirs devenaient si précis qu'ils se permettaient des sauts et des collages. Elle se rappelait que lorsqu'elle avait vu pour la première fois le Nil, elle avait alors pensé au Saint-Laurent et à l'été de ses seize ans. Cela n'avait duré que quelques instants sur les rives du Nil, mais en regardant ce fleuve envoûtant, elle s'était dit que le Saint-Laurent ignorerait toujours que son contraire, marécageux et mélancolique, coulait très loin de lui, ici, en terre égyptienne.

— Oui, oui..., il y avait eu le fleuve, cet été-là... Le premier été sans mon père..., réalisait-elle, en contournant machinalement la clôture qui s'arrondissait jusqu'au pavillon.

— Et puis le retour à Montréal. Et ce coup de téléphone... à peu près une semaine avant la rentrée de septembre... si je me souviens bien...

Béatrice venait soudain d'entrevoir sur quoi aboutissait ce corridor de souvenirs. Et si le malheur de ses seize ans qui l'attendait au bout, possédait encore ce pouvoir de la faire souffrir comme il l'avait fait si cruellement autrefois? Redoutant tout à coup cette confrontation, elle ralentit le pas.

C'est alors qu'elle le vit. Haut, massif, courbé au-dessus du bassin vidé de ses eaux, son arbre se tenait devant elle. Elle ne s'était même pas aperçue que ce moment désiré et appréhendé, arrivait, était déjà là. Déconcertée, elle resta clouée sur place. Avec une puissance redoublée, l'arbre déployait dans l'espace l'affirmation qu'il n'avait pas été coupé. Comme si elle reconnaissait qu'elle venait d'échapper à un grave danger, Béatrice poussa un soupir. Et de fait, si elle avait retrouvé son arbre abattu, elle serait immédiate-

ment sortie du parc Lafontaine. Car c'était lui, uniquement lui, la vraie raison de ce retour ici.

— Mon père et mon arbre... en même temps... Je
n'aurais pas pu, se dit-elle, en admirant l'érable imposant qui se haussait plus haut que jamais vers la calotte
du ciel.

Elle n'avait plus que quelques pas à faire pour le
rejoindre, mais, subitement intimidée, elle n'osait pas
s'approcher. Il l'impressionnait. Si grand, si patient, si
serein. Elle, elle avait couru à travers le monde en le
laissant ici, derrière elle. Et lui était demeuré là, sans
bouger, canalisant toutes ses forces dans sa croissance.
Et maintenant il l'écrasait de sa masse, elle qui avait à
peine changé d'aspect depuis leur dernière rencontre.

Elle osa enfin s'avancer et immédiatement elle dé-
posa son front contre le tronc. Elle ne savait plus trop
bien si c'était la joie ou la tristesse, qui la faisait frisson-
ner ainsi. Durant un moment, cette écorce feuilletée,
fade d'humidité, piquée de gouttelettes froides, contre
laquelle son regard s'écrasait, devint l'horizon le plus
vaste qu'elle ait contemplé depuis bien longtemps. Elle
se détacha finalement de l'arbre et, gauchement, elle le
caressa. C'était plus fort qu'elle, elle chercha aussitôt la
plaie de son numéro. Elle s'incurvait, se ridait, se re-
pliait avec l'écorce. C'était parce qu'elle savait où il cachait cette blessure qu'elle l'avait si vite retrouvée. En
réalité, elle était devenue presque imperceptible pour
d'autres yeux que les siens.

Elle s'appuya contre son érable, bêtement heureuse en fin de compte de sentir qu'il était encore debout. Elle se mit alors à contempler le bassin artificiel qui s'étendait devant et qui devenait, en hiver, ce grand trou vide retenu par le ciment; un amoncellement de boue où, par plaques, l'eau non évacuée s'était caillée en une multitude de petits miroirs glauques. Tout autour de cette mare inventée, les arbres poussaient en silence. Mais au bout, là-bas, le parc se confrontait à la rue Sherbrooke, et la ville redevenait alors omniprésente. Ces têtes de buildings dressées au-dessus de la cime des arbres, interdisaient à quiconque d'oublier que Montréal était là, encerclant le parc.

Béatrice s'était tant de fois retrouvée devant ce paysage, qu'aucune des transformations qu'il avait subies ne lui échappait.

— C'est quand même effarant le nombre d'arbres coupés!

Mais cet endroit lui était à ce point familier qu'il eût fallu qu'il soit complètement défiguré pour qu'elle fût incapable de le reconnaître.

— Et même là... se disait-elle.

C'était devant ce paysage, où si souvent durant son enfance elle était venue se réfugier, que tout s'était passé. Le souvenir remontait, s'imposait de nouveau à son esprit. À tout prix, il voulait sortir. De toute façon, elle savait qu'elle s'était trop inclinée vers le passé pour pouvoir maintenant se redresser. Elle se laissa donc glisser avec la pente qui l'entraînait. Du bout du pied, elle détacha un caillou de la terre et elle se mit à la faire rouler sous la semelle de sa botte.

— De loin, je l'avais vue.

Elle, elle me regardait venir, immobile. Dès que j'entrai sous l'ombre de notre arbre, sans bouger, elle murmura:

— Je m'en vais. Nous partons.

C'était bizarre, mais aujourd'hui Béatrice avait le goût de pleurer en se rappelant ces paroles alors qu'à l'époque ces mêmes mots l'avaient à peine touchée. Il faut dire qu'après cette course folle à travers le parc, elle était avant tout préoccupée de reprendre son souffle. Et puis, elle ne voulait pas encore croire.

— Et où dois-tu partir? lui avait-elle demandé en haletant et en riant nerveusement.

— À Sept-Îles, lui avait répondu Éthel.

— Qu'est-ce que tu me contes là?

— Oui, oui, nous partons. Nous partons tous à Sept-Îles. C'est certain. Mon père l'a dit.

Béatrice se rappelait que c'était à partir de ce moment que tout s'était ouvert dans sa tête, et qu'elle s'était mise à ne plus rien comprendre. Bien sûr, elle entendait nettement les mots qui sortaient de la bouche d'Éthel, elle hochait même la tête pour montrer son assentiment. Mais elle ne saisissait plus le sens d'un traître mot. Éthel, elle, avait les yeux éclatants de larmes.

— Comprends, comprends-tu, Béatrice? Nous quittons Montréal. Dans une semaine. Je ne reviens pas au couvent! C'est sûr et certain!

— Ah!

— Mon père est nommé à Sept-Îles... Alors nous partons avec lui... Toute la famille y va. C'est normal! Tu comprends? C'est épouvantable ce qui arrive, Béatrice... épouvantable!

Éthel se tordait les doigts, renversait en soupirant la tête en arrière, et elle restait de longs moments le regard accroché en l'air comme s'il y avait eu là quelque chose à trouver. Soudain, elle se mit à marcher autour du bassin, et si vite, que j'avais de la misère à rester à ses côtés.

— Qu'est-ce que je vais faire, Béa? Mais qu'est-ce que je vais faire? disait-elle en courant presque autour de la vasque remplie d'eau sale.

Moi, je la suivais, sans trop savoir comment. Je ne me souvenais plus tout à coup des mouvements exacts de la marche. Je n'avais jamais réalisé à quel point c'était compliqué de mettre un pied devant l'autre. Et, à cette vitesse, cela devenait encore plus complexe. En même temps, je me sentais si légère que j'étais étonnée de demeurer encore fixée au sol. Et ce maudit soleil, en haut, devenait tellement chaud que je réalisais qu'il ne nous lâcherait pas avant de nous avoir complètement absorbés.

— Tout est fini, Béa. Vraiment fini.

Il me semblait voir, en arrière d'une vitre, Éthel, qui, à côté de moi, pleurait bruyamment. Tout son visage devenait de la même couleur que sa veine bleue. Elle marmonnait toute seule et à intervalles réguliers elle essuyait dans un seul mouvement rageur les larmes qui se rassemblaient sur son menton.

— Je ne te verrai plus... jamais! C'est effrayant... jamais... Mais dis quelque chose, Béatrice... réponds-moi à la fin...

Le parc fut alors inondé d'un jaillissement argenté, et les frêles glaces du bassin éclatèrent en étincelles. Perdue dans le passé, Béatrice sursauta contre l'arbre.

En se demandant ce qui se passait ici, elle se redressa. Au ciel, le soleil venait d'effectuer une solide trouée dans l'épaisseur grise, et, de cette déchirure, une bande de clarté s'écoulait jusqu'au sol. Elle embrasait tout le parc Lafontaine qui se contorsionnait et qui roulait dans la lumière. Béatrice pouvait suivre les chemins visibles que les rayons imprimaient dans les airs et qui bifurquaient sur la terre.

— C'est Dieu qui parle aux hommes, disait toujours son père lorsque ce phénomène se produisait.

Un jour, agacée de l'entendre répéter et avec la même naïveté cette éternelle rengaine, elle lui avait répliqué :

— On peut bien ne rien comprendre de ce qu'Il conte aussi !

Elle se souvenait du ravage qu'elle avait alors provoqué dans le visage de son père, et de l'éclat de rire qui avait aussitôt suivi.

Quand par la suite la lumière tombait de cette manière du ciel, encore et malgré ça, son père lui redisait à chaque fois :

— Regarde, ma Béa,... Dieu nous parle.

Mais il n'y avait plus de candeur dans sa voix. Un respect intouchable occupait désormais toute la place.

Béatrice fixait toujours le triangle strié de rayons qui retenait le parc dans sa lumière, et elle se sentait écorchée de partout.

— Papa ! Mais qu'est-ce qui nous est arrivé ?

Son amour pour ceux-là devenus à jamais inaccessibles se tordait soudain d'inutilité sur lui-même. N'ayant plus de porte de sortie, c'est contre elle qu'il se frappait. Béatrice perçut l'angoisse qui pointait, qui grossissait, qui allait fondre sur elle.

Elle décida de détaler et de marcher en rond autour du bassin. Marcher, marcher sans s'arrêter, marcher pour semer cette angoisse qui voulait l'attraper!

Mais déjà les nuages revenaient en force, et, atta-
qué de tous côtés, le triangle de lumière vacillait, se
contractait, s'évanouissait. Béatrice, elle, se hâtait autour de la vasque, refusant farouchement de voir ce
qui se passait à l'extérieur, uniquement obsédée à fuir
l'angoisse qui la talonnait. À toute vitesse pourtant, les
ombres avançaient, s'emparèrent au passage de Béatrice, glissèrent dans le bassin, et envahirent les fourrés
qui se tenaient en bordure.

Un gris homogène, d'un cran plus sombre que
tout à l'heure, avait à nouveau repris le parc. Béatrice
s'arrêta. Elle n'avait même pas fait un tour complet.

— Je n'aurais pas dû revenir ici. Serge me l'avait
dit aussi!

À courte distance, la rue Sherbrooke était là qui
s'offrait en échappatoire. En sens contraire, son arbre
immobile s'inclinait au-dessus de la vasque vide. Vu
sous cet angle, il paraissait si lourd, enraciné jusqu'à la
fin de ses jours au même endroit.

— Je ne peux quand même pas partir sans lui dire
au revoir!

Elle résolut de boucler la boucle et d'aller le retrouver en complétant ce tour de bassin. La souffrance
frémissait bien encore sous la peau, mais du moins
l'angoisse, elle, ne bougeait plus.

Tout devenait flou, ni blanc ni noir, et Béatrice
enviait au parc cette indifférence dans laquelle il sombrait à l'approche de la nuit. Avec un équilibre presque parfait, il oscillait entre l'inconsistance et la présence. Même la couleur ne réussissait plus à garder

d'emprise sur lui.

Peu à peu Béatrice se laissait elle aussi enrober par cette douceur monotone, ces instants parallèles qui précèdent la noirceur. Dans quelques minutes, la nuit allait tomber, et, comme toujours en décembre, elle le ferait d'un seul coup.

— Il fallait que je revienne. Absolument! marmonna Béatrice en allumant sa cigarette. Elle lança autour d'elle un jet de fumée tiède qui aussitôt s'embrouilla avec la brunante.

Le rythme naturel de ses pas lui revenait, et au bout d'un moment elle se laissa bercer par le clapotis régulier qui traînait derrière ses talons. Le souvenir pouvait revenir, et bientôt Éthel qui marchait à ses côtés, la poussa.

— Parle, Béa! Dis-moi quelque chose...

Le cocon qui retenait Béatrice, creva soudain. Saisissant alors rudement Éthel par le poignet, elle la fixa sur place.

— Voilà ce que nous allons faire. C'est simple! souffla-t-elle en s'approchant toujours plus près du visage d'Éthel. Nous allons partir. Toi et moi. Ensemble.

— Qu'est-ce que tu veux dire par là? demanda Éthel en tentant de se dégager.

Mais je la tenais si fort, pensa Béatrice, en poussant douloureusement une bouffée de sa cigarette. Après quelques instants, Éthel n'osait même plus se débattre. Je ne sais d'où m'était venue cette puissance subite qui était prête à tout détruire pour garder Éthel. Je la voyais qui se tenait immobile devant moi, et qui fronçait piteusement les sourcils pour se protéger du soleil qui lui arrivait dans la figure.

— Arrête de faire la folle, Béa! C'est trop grave.

— Je le sais. C'est pourquoi nous allons nous sau-
ver. Toutes les deux. Ensemble.

Cette fois-ci, Éthel ne put retenir l'effroi vertigineux
qui déferla dans son regard accroché au mien. En une
seconde, toutes les embûches engendrées par une telle
décision se dressèrent, à l'infini, devant elle. Un instant,
un minuscule instant pourtant, une lueur d'espoir em-
brasa le fond de ses yeux. Mais aussitôt tout s'éteignait,
tout y redevenait impossible. Ma main relâcha imperceptiblement son étreinte, tandis que je cherchais désespérément l'ultime moyen pour retenir Éthel. La
forcer? L'obliger à me suivre? Lui faire peur au point
qu'elle me craigne, moi, plus que son père? Non!
C'était au-dessus de mes forces! Je pouvais lutter
contre n'importe quoi, mais pas contre Éthel elle-
même! C'était de son consentement, d'une confiance
illimitée dont j'avais besoin, tout de suite, au complet,
maintenant... Et elle ne pouvait pas me la donner... Et
moi, je ne pouvais pas la brutaliser plus longtemps.
C'était irréconciliable. Il n'y avait rien à faire. Une
étrange chose en moi se fendilla alors sur toute sa surface pendant que le poignet d'Éthel glissait hors de ma
main entrouverte.

— Nous ne pouvons pas faire ça! lança tout à
coup Éthel, rompant ce silence qui me semblait indes-
tructible.

— Et pourquoi... ai-je demandé, pourtant désinté-
ressée par la réponse quelle qu'elle fût. Sillonnée de
part en part, l'étrange chose en moi se désagrégeait.
Soudain, elle s'effondra.

— Nous sommes bien trop jeunes, voyons! répondit Éthel en se remettant tranquillement à marcher.

Demeurer ici ou l'accompagner, il n'y avait vraiment plus de différence. Alors j'ai suivi Éthel qui avait passé son bras sous le mien. Répandue en mille miettes, l'étrange chose gisait là, démantibulée. C'était insupportable à constater.

— Toi et moi, on ne peut rien faire contre ce qui arrive. Je te le dis, Béa... Rien... Il faut être raisonnable... sinon bien pire... mais tu verras... nous écrire... revoir... tard... nies... bles... er...

— C'est vrai. Il n'y a rien à faire, me suis-je subitement entendue dire par-dessus les murmures d'Éthel chuchotant au lointain.

« Rien à faire... Rien... Rien... » bourdonnait une voix inlassable dans l'espace nu où l'étrange chose s'était entièrement désintégrée. Je regardais en face un soleil brutal qui ne me faisait même plus mal aux yeux. Mieux encore, je voyais au travers.

Béatrice fit encore quelques pas, et à nouveau elle était revenue sous son arbre. Effectivement, une nuit totale s'était abattue. Mais elle était pâlement brune, et le parc avait conservé comme par transparence une certaine luminosité. Béatrice s'adossa contre son érable. Elle se sentait étrangement calme. C'était peut-être dans cet état que se trouvait continuellement son arbre. Comme si on saisissait où tout cela allait sans qu'il ne soit nécessaire de réfléchir pour savoir.

Béatrice observait toutes ces lumières qui s'étaient allumées au fond, sur la rue Sherbrooke, et qui, en groupes, par bandes alignées ou en solitaire aux fenêtres, luisaient dans la nuit d'hiver. Malgré tout, à tout

prix, la clarté subsistait. Par taches persistantes, elle ré-
sistait à ces espaces noirs amassés, innombrables, au-
dessus de Montréal. Les yeux rivés au ciel, Béatrice es-
sayait d'avancer dans ces étendues obscures qui pla-
naient, qui s'étiraient, qui se perdaient, toujours plus
loin vers le haut. Se rendre jusqu'à cet endroit où
l'imagination pouvait aller. C'était vertigineux. Béatrice
dut baisser la tête, et revenir vers ce point dérisoire
qu'était le parc Lafontaine.

— C'est impossible, papa,... impossible de te suivre
si loin. Je ne pourrai jamais... jamais comprendre
pourquoi tu es mort...

Le froid sournois d'un décembre sans neige
commençait à faire son effet, et Béatrice se pelotonna
contre l'arbre.

— Pas plus que je n'ai compris pourquoi, subitement, nous étions divisées, Éthel et moi. On sait bien
que ces choses doivent arriver... Mais ce n'est plus pareil quand elles sont vraiment là, quand on se bute
dessus... Et le pire c'est d'admettre qu'il n'y a rien à
faire. Et personne pour vous expliquer ce que ça
donne !

Béatrice observait le bassin, et sans y prendre
garde elle cherchait à discerner le paysage de boue et
de glace qui se cachait au fond. Tout le sombre de la
nuit semblait s'y être concentré en une nappe
compacte de ténèbres. On ne pouvait plus rien y distinguer jusqu'à demain matin. Sans résister, Béatrice se
contenta de glisser sur la surface de la mare.

— Demain, cela fera un mois, papa,... un mois que
tu es mort... Cela n'a tellement pas de sens... cet espace de temps ne signifie plus rien... rien du tout.

L'humidité du tronc traversait le manteau de Béatrice, et un froid mouillé s'insinuait sous la peau, se communiquait aux os. Béatrice avait beau se recroqueviller, l'effort demeurait vain, et elle devenait progressivement transie. Elle savait qu'elle devait bouger si elle ne voulait pas perdre le peu de chaleur qui lui restait. Mais elle n'avait plus le goût de se déplacer. Son arbre se fixait à elle, et d'une certaine façon elle était si bien, ainsi collée contre lui.

— Depuis cette fois-là, je n'ai jamais revu Éthel. Elle est partie... et j'ai longtemps pensé à elle de la même façon que l'on pense à quelqu'un qui est mort. Surtout quand je suis revenue au couvent. Dans chaque pièce, je me heurtais contre les souvenirs. J'essayais bien de les éviter... mais ils étaient plus nombreux que moi. Je crois que j'aurais aimé t'en parler, papa... peut-être... je ne sais pas. De toute façon, tu ne voulais rien entendre de cette histoire. Pour la première fois, je me retrouvais prise avec une peine qui n'appartenait qu'à moi. Bien sûr, Éthel m'écrivait. Mais je n'avais jamais l'impression que c'était elle qui se trouvait sous les mots que je recevais. Pourtant, à chaque fois, la marée de douleur remontait. Mais, à la longue, j'ai vu où elle s'arrêtait. Je n'avais qu'à m'éloigner, et je ne serais pas emportée. Alors ça m'a fait moins mal. Un jour, il n'y a plus eu de nouvelles d'Éthel. C'était devenu si peu important... que je serais bien incapable de dire au juste quand. Tout était arrivé, avant, bien avant.

Béatrice grelottait de plus en plus, ramassée sur elle-même et tassée contre l'arbre. Elle prévoyait que si elle ne réagissait pas immédiatement, elle serait bientôt complètement engourdie. Elle perdrait alors jusqu'à cette sensation d'être gelée. Vaguement, elle espérait ce moment. C'était cette opposition que son corps continuait à mener contre le froid qui la faisait encore souffrir.

— C'était devenu si doux entre nous... n'est-ce pas, papa? Et maintenant, il va falloir que je vive avec ton absence... Et c'est atroce d'être avec quelqu'un qui n'y est plus... on y arrive pourtant... avec le temps. Mais je me demande si la vie vaut à ce point la peine, qu'on doive tout lui sacrifier... même les disparus. Ce sont eux qui nous retiennent en arrière... et, en avançant, on sait si bien qu'on va les perdre... et, cette fois-là, définitivement.

Béatrice avait fermé les yeux. Une sorte de torpeur l'unissait à l'érable, au parc tout entier, à ces espaces ni amis ni ennemis qui sans répit roulaient jusqu'à l'infini. Comme dans un rêve, elle souriait à cette jeune Béatrice qui pleurait contre un arbre, pendant qu'au loin Éthel sortait du parc Lafontaine. Et aussi à cette autre Béatrice, si près, boursouflée de souffrance, debout au-dessus de son père qui gardait les yeux hermétiquement clos dans son cercueil. Et Béatrice adoucissait son sourire pour consoler cette Béatrice.

— Ne pleure pas comme ça..., disait-elle. Tu n'es pas la seule à être terrassée par l'incompréhension. Avant je croyais qu'il n'y avait que moi qui ne comprenais jamais rien..., mais maintenant je le sais... partout... eux aussi... ils ne comprennent pas plus que toi... même s'ils ont l'air de...

— Mais je m'en fous! Je m'en fous complètement que nous soyons des millions à ne rien comprendre! lui hurla férocement la Béatrice en pleurs... Ça ne change rien! Absolument rien!

La quiétude de Béatrice se figea sur ses lèvres, et elle cessa de sourire à l'Autre. Tant pis pour elle!

Qu'elle crie toute seule! Elle était vraiment trop violente, et Béatrice la rejeta de son paradis.

La somnolence devenait impeccable, incomparable. Béatrice se laissait flotter avec ce bien-être qui ressemblait à un sommeil dont on prendrait conscience sans pour cela devoir se réveiller. Pourtant de plus en plus inerte, elle avait l'impression de s'étendre, s'étendre encore, s'élargir en une mince dimension qui allait bientôt rejoindre celle de la planète. Soudain une pensée effarouchée traversa, en s'égosillant, ce désert déjà presque lissé de part en part.

— Je t'attends... six heures... devant la bibliothèque municipale... six heures... je t'attends...

Béatrice tressaillit.

— ... six heures... je t'attends... six heures...

Devant cette pensée persistante qui passait et qui repassait en soulevant le désordre, Béatrice s'écarta. Elle leva péniblement les paupières. Ses nerfs s'étaient mis à battre la chamade, et à un rythme qui allait en s'amplifiant.

Répondant subitement à l'appel, Béatrice se décolla du tronc. Abasourdie, elle s'élança tout de même d'un seul trait dans la noirceur répandue sur le sentier. Alternant entre le pas de course et la marche accélérée, elle filait autour du bassin.

— Seigneur!... pourvu, pourvu qu'il ne se soit pas inquiété!

Encore ankylosée, elle progressait irrégulièrement, uniquement mue par cette pensée opiniâtre qui ne cessait de la tourmenter.

— ... six heures... je t'attends... six heures...

Tout en se hâtant, Béatrice balayait du regard le parc et le ciel, cherchant à y découvrir l'indice, si petit soit-il, qui lui révélerait où en était rendu le temps.

— Il est passé six heures... c'est certain! se dit-elle, en plaquant contre elle les pans de son manteau qui battaient l'air en accord avec chacune de ses enjambées. Rapidement la distance s'élargissait entre l'arbre et Béatrice.

— Faites, mais faites qu'il m'ait attendue! implorait-elle, en ne s'adressant à personne en particulier.

Elle délaissa bientôt le sentier qui, lui, continua à tourner autour du bassin. En courant, elle pénétra dans le boisé derrière lequel se trouvait la rue Sherbrooke. Et là, la bibliothèque municipale où Béatrice se voulait déjà rendue. Et il restait encore tout ce terrain à parcourir avant de l'atteindre!

— Il n'a pas dû m'attendre... Il est bien trop tard! Et il doit être inquiet... Mais qu'est-ce que j'ai pensé?...

Que c'était long et loin avant d'atteindre cette bibliothèque où son esprit, lui, était déjà arrivé! Des silhouettes d'arbres, un bloc sombre de bancs empilés, des souches confuses glissaient à toute allure derrière Béatrice. Mais le paysage n'avançait pas assez vite à son gré, et chaque seconde lui semblait contenir, à elle seule, l'éternité.

Les zébrures que traçaient les réverbères de la rue en s'ingérant dans la pénombre du parc apparurent enfin au lointain. Déjà à bout de souffle, Béatrice constata qu'elle allait devoir ralentir. C'est alors qu'elle se rendit compte du trajet qu'elle venait d'effectuer, sans son consentement, portée par le désir aveugle de rattraper du temps perdu. Volontairement, elle tempéra alors l'emballement de sa course.

— C'est clair que je suis en retard. S'il m'a attendue... tant mieux... sinon...

Elle continua malgré tout à sonder le terrain, pour trouver à l'avance le passage qui la sortirait le plus rapidement possible de ce parc. Tout en continuant d'avancer à grands pas, elle ne put cependant résister à l'envie de se retourner: le voir, une dernière fois le regarder! Trop loin, une masse incertaine et exagérée, se dissimulait dans la nuit. Presque de reculons Béatrice avançait, cherchant à isoler cette ombre qui derrière elle se contrefaisait, se liait à toutes les autres, se retirait sous un rideau opaque. Avant qu'il ne soit trop tard, Béatrice sortit sa main de sa poche et, en gage de salut, elle agita les doigts dans cette direction. Aussitôt elle détourna la tête, et elle se laissa capturer par les lumières de la ville qui s'était rapprochée. Une buée de tristesse tentait de se déposer sur Béatrice. Non! elle n'allait tout de même pas s'attendrir pour un arbre qu'elle abandonnait dans un parc... Même si c'était le sien! Serge lui avait donné rendez-vous, à six heures, devant la bibliothèque. En se mordant la joue d'inquiétude et de confusion, elle se demandait comment elle avait pu oublier qu'elle était attendue.

Quelques efforts encore, le parc qui se retirait, et Béatrice se retrouvait dans la rue. Rassemblant ses forces, elle traversa en courant l'étroite avenue sans issue, qui semblait agir en guise de frontière entre le parc Lafontaine et les vraies voix de la rue Sherbrooke. Elle gravit le tertre de terre, et là, elle s'arrêta. Un flot de voitures incontrôlables paralysait son élan.

Pour ne pas perdre entièrement ces instants qui l'immobilisaient, alors qu'elle voyait le but, en face, de l'autre côté de la rue, elle scruta le devant de la bibliothèque pour apprendre au plus vite si, oui ou non, Serge l'avait attendue. Elle ne trouva pas la réponse. À pas hésitants, elle s'avança dans la rue. Mais immédiatement elle recula devant le vacarme de klaxons qu'elle venait de déchaîner. Plutôt que d'espérer le moment favorable, elle se demandait s'il ne valait pas mieux s'allonger en se rendant à l'intersection, quand son regard se posa sur une silhouette appuyée contre une colonne, là, en haut des marches de la bibliothèque. Cette forme allongée dans une canadienne, ces cheveux ébouriffés, cette cigarette qui brillait entre les doigts, c'était lui, et pas un autre.

— Serge! Serge! Je suis là! cria-t-elle à tue-tête.

La silhouette se redressa. Elle chercha tout autour, s'arrêta sur Béatrice qui gesticulait, s'anima, puis remua plusieurs fois la main. Calmement, presque nonchalamment, Serge descendit l'escalier de la bibliothèque.

Il était là, il l'avait attendue! Béatrice découvrit alors un passage entre les voitures, et elle se faufila dans l'espace libre. Mais au milieu de la rue, elle dut à nouveau s'immobiliser, stoppée par les véhicules qui venaient en sens inverse.

Serge était déjà rendu au bord du trottoir et il la regardait, les deux mains dans le dos. Béatrice trépignait d'impatience. Elle avait trouvé les mots qui dévoilaient les raisons de ce retard, et elle voulait que Serge lui aussi les sache. Une trouée sembla s'élargir entre deux voitures, et Béatrice se prépara à foncer.

— Ne cours pas pour rien, Béa... Tu vas te faire tuer... De toute façon, tu es en retard... Trop en retard pour qu'on s'énerve, cria Serge de l'autre côté.

Par-dessus les voitures, Serge lui souriait. Un de ces sourires qui n'appartenait qu'à lui. Un sourire de grande paix, avec une touche de tristesse et d'humour dans les coins. Un autobus passa, lui ravissant le sourire de Serge.

Il l'avait attendue. Béatrice ne voulait surtout pas savoir ce qui serait arrivé s'il n'avait pas été là. Il l'avait attendue, il n'y avait que cela qui comptait. Et ce n'était pas ces deux ou trois secondes de plus, à piétiner sur place, au milieu de la rue, qui y changeraient quelque chose.

CET OUVRAGE
COMPOSÉ EN SOUVENIR LÉGER CORPS 12 SUR 14
A ÉTÉ ACHEVÉ D'IMPRIMER
LE 15 AOÛT MIL NEUF CENT QUATRE-VINGT-UN
PAR LES TRAVAILLEURS DES PRESSES
DE L'IMPRIMERIE MARQUIS LIMITÉE
À MONTMAGNY
POUR LE COMPTE DE
VLB ÉDITEUR.

IMPRIMÉ AU CANADA